为时代曲写的蓝色情歌

Blues for the Chinese Jazz Age

王莫之 著

上海大学出版社

图书在版编目(CIP)数据

为时代曲写的蓝色情歌/王莫之著. -- 上海：上海大学出版社, 2024.8. -- ISBN 978-7-5671-5014-0
Ⅰ.I267

中国国家版本馆 CIP 数据核字第 2024W1765G 号

责任编辑　陈　强
封面设计　一本好书 Tel:13811517889
技术编辑　金　鑫　钱宇坤

为时代曲写的蓝色情歌
王莫之　著
上海大学出版社出版发行
(上海市上大路99号　邮政编码200444)
(https://www.shupress.cn　发行热线 021-66135112)
出版人　戴骏豪

*

南京展望文化发展有限公司排版
上海颛辉印刷厂有限公司印刷　各地新华书店经销
开本 850 mm × 1168 mm　1/32　印张 9.25　字数 175 千
2024 年 8 月第 1 版　2024 年 8 月第 1 次印刷
ISBN 978−7−5671−5014−0/I · 707　定价 78.00元

版权所有　侵权必究
如发现本书有印装质量问题请与印刷厂质量科联系
联系电话：021-57602918

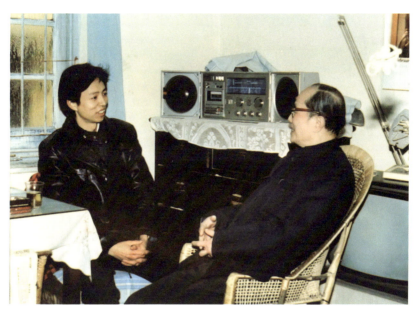

1983年底，陆晓幸（左）自部队返沪，去天平路看望恩师黎锦光，房间内的组合音响与电视机即1981年黎锦光访日时李香兰赠他的礼物（陆晓幸供图）

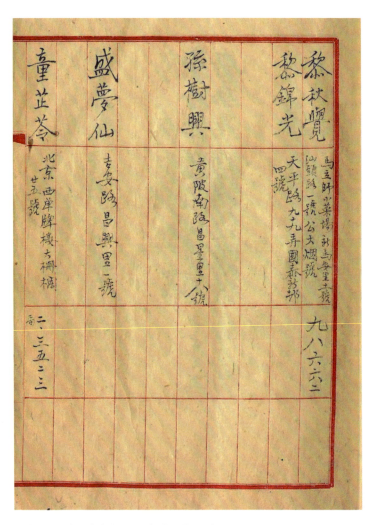

丁悚通讯录中的黎锦光联系方式（丁夏供图）

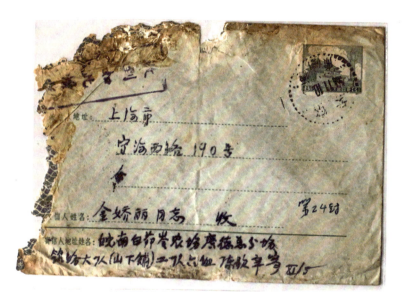

陈歌辛自安徽白茅岭农场寄往上海的家书之一,邮戳时间为1958年11月10日(杨涌供图)

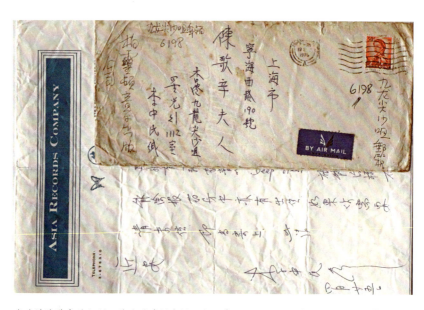

为追讨陈歌辛的版税，陈氏的遗孀金娇丽女士在20世纪七八十年代与香港人士有书信往来，此回信出自李厚襄之弟李中民手笔（杨涌供图）

1987年,正在抽烟斗的严折西(摄影:严半之)

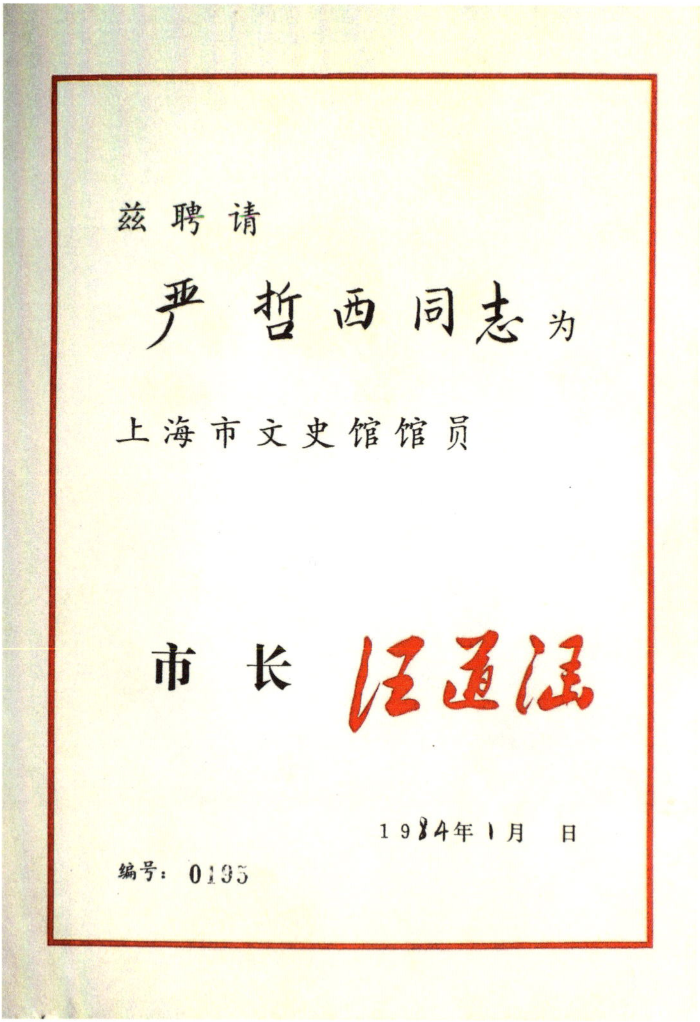

兹聘请

严 哲 西 同 志 为

上海市文史馆馆员

市 长　汪道涵

1984年1月　日

编号：0195

严折西在留沪的时代曲作家里属于晚景较好的一位，1984年他受聘为上海市文史馆馆员，每月能领到一份津贴（严半之供图）

栽培"鼻音歌后"吴莺音、为她写歌的徐朗（右）经常被老歌迷误以为黎锦光之笔名，1986年他去严折西家做客，严家幼子为两位时代曲作家留下了一组珍贵的照片（摄影：严半之）

20世纪70年代末严华夫妇留影,严华时任上海市工商联代表(丁夏供图)

改革开放以降,时代曲在中国内地重新出土,陈海燕(左一)属于最早的一批翻唱者,她的大姨夫巢德龄(左二)与严华(左三)曾是校友,此照片拍摄于1984年,时值陈海燕为上海音像公司灌录《好时光》,严华担任专辑制作(陈海燕供图)

1984—1987年,黎锦光制作了七盘老歌再版的磁带(摄影:铁匠)

男性在旧上海完全掌控了时代曲的创作大权,梁萍属于极罕见的特例,也是唱作人(Singer-Songwriter)的女性先声,1951年她南下香港发展,此照片拍摄于20世纪50年代[关有有(Johnny Quan)供图]

20世纪90年代初,香港EMI百代唱片公司为推出《百代·中国时代曲名典》系列专辑,时任中文部负责人赵月英女士(右一)两次率队北上,此照片拍摄于严折西(右二)家。1991年,老先生当时正在签署歌曲版权管理合同(摄影:严半之)

香港EMI百代唱片公司代表赵月英在新锦江大酒店宴请在沪的时代曲元老,左起:黎锦光父女、严折西夫妇、赵月英、严华夫妇(严半之供图)

序

时代曲在国内回暖，自然就会有人发问："何谓时代曲？"通常，答案都会指向上海老歌。我自己平常也这么解释，但是这种讲法并不严谨。从黎锦晖先生1926年发表《毛毛雨》算起，这首歌在1927年由黎明晖女士灌了唱片，那张唱片被后世尊为中国流行歌曲的源头，也为时代曲标了一条起跑线。在旧上海，"时代"一词还有时髦的意思，时代曲也被称为时代歌曲、时代新曲、时代小调、摩登歌曲，等等。这些名词在旧上海的报刊上屡见不鲜，反倒是"时代曲"一词，主要出现在抗战胜利以后的华南地区媒体。1949年5月，上海解放，英商百代唱片公司以及一部分的时代曲精英南下，在香港地区另起炉灶。"上海老歌"是一个随着中国改革开放而涌现的新词，它只能涵盖时代曲最辉煌的某段历史。

如同时代曲，中国的唱片工业也发源于上海，而上海本土生产第一张唱片要从法国人乐滨生（E. Labansat）买下徐家汇路的一块地皮、建造法商东方百代公司的唱片厂谈起。2012年，"中华老唱片保护工程"列入我国的"十二五"规划，当时已经退休的中唱上海公司原副总编辑陈建平老师重返单位，参与民国老唱片的整理工作，重点负责文档的整理。我在文章里经常提到"依据旧百代档案""参考旧胜利档案"，即通过陈建平查阅她经手的这批历史文献。关于东方百代公司在沪建厂，她的答复是："在百代公司留存的文档中，至少有三份文档涉及购地建厂：（1）最早的一张地块图，绘制于1918年；（2）一个叫汪耀山的人在1919年2月留下的字据，言明将一块地卖给百代公司，而这块地与1918年那张图上的地相邻；（3）百代公司所有房产的建筑日期列表，上面最早的建造日期是1919年。由此可推断，百代购地不晚于1918年，建厂不晚于1919年。"

上述材料的原件并未公开，数码拷贝都是陈建平在2012年以后一份一份整理而成的。而在民间，小范围流传着时代曲的年轻拥趸们协力制作的四份Excel文件：《民国时期百代模板唱片总目录》《美资胜利歌曲音乐唱片总目录》《大中华唱片歌曲》《高亭歌曲唱片》，托北京歌迷薛梦成的福，我有幸收藏这批资料，为本书的写作指明方向，并且省去了大量而烦琐的田野调查。我和薛兄结缘于拙文《黎锦光的日本之行》，这篇文章首发于《澎湃新闻》的《上海书评》栏目，他通过郑诗亮、丁雄飞两位编辑与我加了微信。在时代曲领域，他是一专多能的隐藏系学者，我曾经设想为黎锦光写一本专著，薛兄则始终没有放弃对白虹的专项研究。

黎锦光毕生有两大贡献：创作时代曲，他与陈歌辛、姚敏、严折西无疑是旧上海流行乐坛的四尊神像；录音技术，他是民国的业界权威，为新中国培养了不少录音师（这个岗位在"十七年时期"叫音响导演）。陆晓幸是黎锦光晚年收的徒弟，学作曲，未成，最后继承了老爷子的录音衣钵。陆晓幸录制了太多的经典专辑，最为世人熟知的是《卧虎藏龙》的电影原声，荣膺第44届格莱美世界最佳录音艺术与科技奖。据陆晓幸说，黎锦光曾经这样解释时代曲："为什么叫这个名字，因为那些歌紧追时代，我们唱中国民歌的旋律，伴奏用的却是西方的爵士音乐，甚至是拉美的探戈、伦巴音乐。这样的歌曲当年无疑是最摩登的。"

始于2021年，我以黎锦光为圆心，他的亲友、同事、邻居为半径，回望时代曲。借助他们的记忆，对照国内外的文献数据库（由祝淳翔老师从头教起），我为时代曲的一组人物绘制了文学素描。仿佛写小说，我尽量把话筒递给主角配角，让那个时代的人物多说几句。这组作品更接近于黄种人的布鲁斯，将它们结集成册，让我想起自己在20世纪90年代成为一名乐迷，那时候，港台专辑的引进版磁带总归是十首歌，A面、B面对半开。那也是华语流行歌曲的又一段黄金时代。

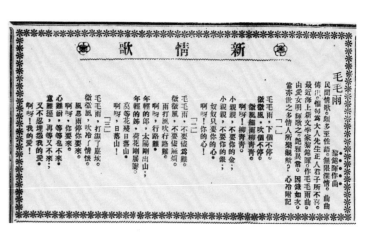

《毛毛雨》歌谱，原载《大公报》1926年11月17日第8版

目录

A面

A1. 周璇艺名之争 · *003*

A2. 严华：始于《聂耳日记》的回望 · *015*

A3. 严氏三杰 · *045*

A4. 陈歌辛早期艺术生活 · *071*

A5. 梁萍：唱作人的女性先声 · *100*

A6. 徐朗与吴莺音的师生情 · *127*

B面

B1. 送他一朵玫瑰花（part 1—3）· *147*

B2. 陈歌辛的版税悬念 · *164*

B3. 黎锦光的日本之行 · *199*

B4. 送他一朵玫瑰花（part 4—7）· *220*

B5. 元老的告别派对 · *239*

后记：无声之歌 · *254*

A 面

A1. 周璇艺名之争

周璇这个名字并非本名,而是她从艺之后别人帮她取的艺名。当事人曾经撰文提过一句:"十三岁的那年,由章文女士的介绍,我就加入了黎锦晖先生主办的明月歌舞社,周璇的名字就是黎先生为我起的。"① 很可惜,没有展开来谈。

关于周璇艺名的由来,有过两种说法。最主流的认为它出自爱国歌曲《民族之光》的歌词"周旋于沙场之上"。基本上,为周璇立传著文的作者都是这种说法的信徒。唯独吴剑女士剑走偏锋,她从1934年6月14日《大晚报》的第5版翻到一篇文章,摘引道:"她原名小红,自己嫌这芳名儿太平凡,教我改做今名。女士性情温柔,心思灵敏,而对人接物偏偏又很圆通周到,猛然想起'璇'字的字义是圆形的美玉,于是取定了这个

---

① 《万象》,1941年第1卷第2期,第81页。

隽雅的名字……"吴剑笃信这段文字,认为"歌词说"以及相关异体在"54年前印在《大晚报》上的黎锦晖的文章面前都是不能成立的"①。

吴剑的信心或许源于这段文字的作者叫黎锦晖。黎先生是时代曲的开山鼻祖,学界公认中国的流行音乐史要从他1926年发表的歌曲《毛毛雨》算起;而且,周璇从艺的第一步,是加入黎先生统帅的明月歌舞社。可问题是,"歌词说"的旗手也是黎锦晖。1965年,黎先生在王人艺、王浮的协助下完成了数万字的回忆录《我与明月社》。这篇长文生不逢时,直到1983年才公开发表,里面有一段写到周璇:"这时在沪还公开招考一次,聂紫艺(聂耳)、李果等五人被录取。不久,章锦文又介绍一个十二岁的孤女周小红。我觉得小红这名字不雅,那时正在'一·二八'后,抗战期间,我写《民族之光》一剧的歌词中有'与敌人周旋于沙场之上'一句,于是为小红改名'周旋'。她正式当了电影演员又改为'周璇'。"②

不少人轻信了这段回忆,随后依据周璇从影的时间,判断周璇这个艺名诞生于1935年。其实只要登录《申报》的数据库,搜"周璇"二字就会发现问题。《申报》上最早关于周璇的记载是一条演出预告,刊登在1933年5月11日第12版上,

---

① 《何日君再来——流行歌曲沧桑史话(1927—1949)》,北方文艺出版社2010年版,第29页。
② 《文化史料》第四辑,文史资料出版社1983年版,第230—231页。

周璇（左）1934年留影（摄影：佚名）

同样的预告在同一天的《时事新报》上也有出现,涉及周璇的有两个节目:《特别快车》《泡泡舞》。

人在回忆过往的时候,很难做到滴水不漏。黎锦晖在1965年发出了"歌词说"的强音,在1934年写下了"圆形美玉说"的底本,或许在吴剑眼中,更早的陈述更接近周璇改名的真相。可是我仍旧倾向于为"歌词说"投上一票,因为除了黎锦晖,周璇生前的其他同事、朋友在他们晚年接受采访时对于周璇改艺名的回忆是高度一致的。

1979年12月12日,黎锦光在中唱小红楼接受梁茂春的专访,他说:"1932年'一·二八事变'之后,黎锦晖编演爱国节目,其中有一首爱国歌曲叫《民族之光》,让周小红上台演唱。歌的最后有一句'与敌人周旋于沙场之上',她唱得特别动人。根据这句歌词,黎锦晖就给她改了名字叫'周旋',后来又在'旋'字旁加了斜玉,成了'周璇'。"[1] 王人艺给出的解释与之大同小异[2]。黎、王两位先生都是明月社的骨干,是周璇的前辈。"明月"之外的文艺界人士,导演郑君里早在1957年周璇去世后即写下纪念文章《一个优秀电影女演员的一生(周璇的生平和她的表演)》,内文谈到改名字也是高举"歌词说"的大旗[3]。

---

[1] 《天津音乐学院学报》,2013年第1期,第57页。
[2] 《音乐艺术》,1985年第3期,第17页。
[3] 《中国电影》,1957年第10期,第75—78页。

那么多亲历者的"供词"如果无法指向真相,那么,他们便有"串供"的嫌疑,换言之,他们都忘了周璇为何改名,于是人云亦云。同样的,假设"歌词说"真实可靠,那么1934年黎锦晖为何会在报纸上虚构一个"圆形美玉说"呢?要解答这个疑问,首先应该了解黎锦晖写那篇文章的背景。

1934年5月,《大晚报》发起了"三大播音歌星竞选"的活动,评选结果刊登在同年6月14日的报纸上,白虹、周璇、汪曼杰当选。报社的编辑为这三位歌星配了照片以及独立的介绍文章,类似于今日的颁奖词。为冠军白虹撰文的是民国画家丁悚,而介绍周璇的那篇则出自黎锦晖。在如此喜庆的气氛下,假设黎锦晖告诉读者,周璇的艺名来自一句反帝国主义反殖民统治的歌词,是否会对刚刚起飞的周璇女士产生不良影响?关于这个话题,我向几位民国文史研究者求教,祝淳翔给出了一种解释:"在1937年国民政府正式表态抗日之前,抗日有时是一种禁忌话题。"

在黎锦晖的自传里,还能为这种解释找到一个证据:"《民族之光》不准上演。其中我作的歌词曾录有唱片,以后也遭到日本通知租界禁唱。"① 王人美的自传里也有相似的证据:"说到这里,我想起周璇的改名。大约在一九三二年初春,歌舞班又增加一名十二岁的孤女周小红。她来之前,上海刚刚发生

---

① 《文化史料》第四辑,第231页。

1930年，黎锦晖北平留影（黎泽荣供图）

过'一·二八'抗战。在同仇敌忾的气氛中,黎先生为歌舞剧《民族之光》写了主题歌。以后歌舞剧虽被禁止上演,但主题歌《民族之光》却多次演唱……"①

时空环境的改变会导致彼之砒霜今之甘露的局面。到了1965年,黎锦晖为自己立传,写到周璇时,他非但可以公开抗日,而且需要公开抗日,毕竟在新社会,他一直活在"黄色作曲家"的阴影里。他何尝不希望公众能够看到他在旧社会的光明面,能够公允公正地对他有一个客观的评价。这种心理活动并没有因为黎锦晖的去世、平反而消失,哪怕是到了20世纪80年代,王人美仍然要在她的自传里为恩师疾呼:"长期以来,不少人认为黎锦晖的代表作是《毛毛雨》《桃花江》等歌曲,并由此断定他是三十年代创作黄色歌曲的代表人物……黎锦晖先生写过许多进步的、爱国的歌曲。"②

以上所述,并非旨在驳倒吴剑女士的观点,而是研判"歌词说"的可信度。显然,推演"歌词说"的成立,第一步是得证明歌舞剧《民族之光》以及同名歌曲的存在。在1933年的《申报》上可以翻到三则广告。2月18日第29版的广告宣传了明月社于2月19日开启的上海公演,演出场地是北京大戏院,广告底下注明:特别排演《野玫瑰》《民族之光》《娘子军》。2

---

① 《我的成名与不幸——王人美回忆录》,上海文艺出版社1985年版,第52页。
② 同上,第51—53页。

月23日第8版、2月28日第12版的广告则是RCA胜利公司投的，预告即将上市的新唱片，歌曲《民族之光》赫然在列，演唱者是王人美、白丽珠（白虹）、严华，这三位都是明月社当年的台柱；在这两则唱片广告里还登了一句宣传语："王人美女士等曾表演于北京大戏院，看过诸君应即购其唱片时时开奏取乐。"

杨涌先生碰巧收藏了明月社1933年2月19日在北京大戏院公演的节目单，四个版面，总共印了九个节目，没有《民族之光》。周璇在第四个节目《泡泡舞》中亮相，署名周啸虹。不能排除《民族之光》暗中表演的可能。既然胜利公司在广告上明言它上演于北京大戏院，那么黎锦晖为周璇改名字应该发生在2月19日或那日之后，5月11日之前（上文已表，目前可查考的最早关于周璇的记载刊登于1933年5月11日的《申报》与《时事新报》）。这个区间还可以进一步缩小。依据黎锦晖的自传，明月社在1933年初春有过一次解散，之后，周璇改投严华主导的新月歌剧社。至于明月社那次解散的具体时间，《聂耳日记》给出了答案。3月1日，聂耳去明月社串门，在当天的日记里写道："'明月'便是这样瓦解了！人美大概是没问题的和'联华'定了约！我们谈起过去最快乐的时期不禁感伤几至流泪。她说'明月'的尾声是 2 2 7 - ‖，这是一个没有静止的尾声。"①

---

① 《聂耳日记》，北京联合出版公司2021年版，第351页。

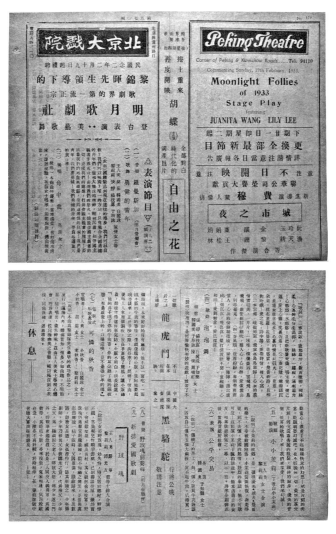

明月社在北京大戏院公演之节目单(1933年2月19日、20日);Juanita Wang即王人美,Lily Lee即黎莉莉;白丽珠沿用本名登台,同年5月改用艺名白虹;周啸虹即周璇短暂使用的另一个艺名(杨涌供图)

文中的"人美"指王人美，她当时已是成名的影星，与联华影业公司签了合同，所以聂耳说她大概没问题。这段日记我请乐评人杨宁过目，他说"2 2 7"应该是简谱里的re re si，"- ‖"是长音和表示结束的小节线，整体来看，是一个没有终止感、悬停的结尾。不能排除王人美语带双关的可能性，也许明月社解散的日子是2月27日。

3月1日也罢，2月27日也罢，这都不影响将周璇改名字的具体时间锁定在1933年的2月下旬。

说起《聂耳日记》，有一件事情让人相当费解，它牵涉到周璇加入明月社的时间。这个时间点历来没有定论，只是因为黎锦晖在自传里写道："这时在沪还公开招考一次，聂紫艺（聂耳）、李果等五人被录取。不久，章锦文又介绍一个十二岁的孤女周小红"，许多人便断言周璇加入明月社是在1931年，因为聂耳考取"明月"（当时叫"联华歌舞班"）是1931年4月——借助《聂耳日记》，甚至可以精确到4月8日。假定周璇真是聂耳进社后不久来的，那么周璇在《聂耳日记》中为什么迟至1933年1月31日才第一次露脸呢？（那日，涉及周璇的内容如下："想起红小姐的事，也就可笑，他们竟以为是真的，其实他们已给我开了玩笑。他们以为所以有如此成绩者，全在昨晚小白的寿餐。"）

明月社那么多的鸡毛蒜皮都进了聂耳的日记，阿狗阿猫都不放过，即便周璇当时只是一个跑龙套的，我仍旧无法理解她在《聂耳日记》里的长期失踪。因此我猜想，周璇加入明月社时，聂耳已经退社了。聂耳离开明月社源于著名的"黑天使"事件，因为文艺路线与黎锦晖、黎锦光发生了激烈冲突，他是被动退社的；参考他的日记，时间是1932年8月6日。次日，他离开了上海，乘船北上。

周璇应该是在聂耳退社之后才加入"明月"的，有两个重要依据。先是周璇首任丈夫严华1986年3月写的文章《难以淡忘的回忆》。那篇文章收录在周璇次子周伟与妻子常晶合著的《我的妈妈周璇》一书中。文中回忆了严华第一次见到周璇时的情景："那是在'一·二八'淞沪战争后，一九三二年深秋的一个黄昏里。我吃过晚饭，正在明月歌剧社排练大厅外的天井里和音乐队员张其琴老先生闲聊，恰逢钢琴手人称胖姐姐的章锦文领着一个十三四岁的瘦小的姑娘走进来。"[①]另一个证据是周璇的自述。《夜城》半月刊1935年8月创办于上海，主要登载女明星的照片以及她们的作品。周璇为创刊号撰文《献丑》，有这么一句："在初中读完之后，我就加入了从前的明月歌剧团，不到两个月，他们解散了，于是就进了金佩鱼先生和严华先生合办的新华歌剧社……"[②]明月社解散，聂耳明确记载于1933年3月1日的日记，倒推两个月，即1933年年初。换言

[①]《我的妈妈周璇》，山西人民出版社1987年版，第291页。
[②]《夜城》创刊号，第7页。

之，周璇将自己从艺的起跑点定在1933年1月。

1932年的深秋，聂耳已在北平，这恰好解释了周璇为何不曾在"明月"时期的《聂耳日记》中出现。同年11月8日，聂耳回沪，隔天的日记写道："在卜万苍宅午饭后往'明月'取箱子，遇七嫂子。四处参观一周，一切如故，可是凄凉多矣！七嫂子好像比以前活泼些，对我很好感。"七嫂子即七爷黎锦光当时的太太（白虹是第二任，第三任为祁芬）。聂耳对于一位住在"明月"的非"明月"成员都要记上几笔，何况周璇？

聂耳返回上海后，偶尔回明月社串门，周璇在这时期的聂耳日记里有两次亮相，也是她在整本《聂耳日记》里仅有的两次登场，第一次的称谓是"红女士"，第二次叫"小红"。

周璇在明月社其实只待了几个月，但足以改变她的人生，从孤苦少女周小红变为歌舞新星周璇；这段从艺生涯是如此关键，这也是我深感有必要费心耗时地把一些事件、时间梳理清楚的原因。

A2. 严华：始于《聂耳日记》的回望

聂耳1932年5月18日的日记写了一件发生在明月社宿舍的冲突："严华骂小白一句孙子，她大发牢骚，他气得起来便打。先用漱口杯向她一掷，没有中，后来重打了一拳、一掌，她大哭起来，一面吵嘴。"①小白即白虹，在《聂耳日记》里还有许多化名，如"丽珠""白""不黑""P"，掌握这些密码，不难发现日记的作者与白虹存在同事之外的感情。也难怪，面对白虹被打，聂耳情绪失控："生长到这么大，算是第一次看见这样可痛心的事。一个二十几岁的大男人痛打一个小女孩。我为这事要流泪，要发狂！太使人过不去了！"②

打女人，这在严华的身上并非孤例，最著名的受害者当属

---

① 《聂耳日记》，北京联合出版公司2021年版，第250页。
② 同上，第250页。

妻子周璇。严华家暴是民国娱乐圈的一桩公案，重创其形象。为此，他成了时代曲历史上唯一一个有文献记载的拳击周璇、白虹两大天后同时又为她们写歌的怪杰。严华的特殊魅力远不止此。他形象好，论颜值，时代曲的男明星中只有陈歌辛可以媲美，但是陈歌辛不演戏，严华是歌舞演员出道，拍过电影，还跟着黎锦晖开发出写歌的技能，他甚至灌录了大量唱片，是旧上海屈指可数的唱作人（Singer-Songwriter）。

严华是有多重人格的，他想当好丈夫，渐渐淡出娱乐圈，专心经营唱针厂。与周璇离婚后，双方的友人、老画师丁悚写了不少回忆文章，有一段内容折射出严华对周璇的关爱："她那时见了社里所备的钢琴，当然十分喜好，私底下不时去弹弹弄弄，一次恰给王人美的哥哥人艺看见（人艺脾气很古僻，擅长手提琴），猛然一脚踢去，直把她跌得很远的一扇门上弹住，当时严华也在当练习生，实在有些看不过去，几乎和人艺吵起来，她是含了包眼泪，不声不响地走开了。"[①]和聂耳一样，面对暴行，严华曾经也是无力的保护者。

1992年12月，姚莉在马来西亚见了一些老歌迷，会谈录音在她去世后公开，谈及严华与周璇的婚姻，她说："周璇她对严华并不是真正的爱，夫妻感情不太好的，表面看起来什么，私底下，她没有什么爱，没有爱，因为她嫁给他不是为了

[①]《东方日报》，1945年4月1日，第3版。

爱——报恩。"①

这段评价其实并不惊人，真正意外的是严折西的晚年背刺："在联华公司里，我与王人美、姚敏、严华合不来，主要是想法、作风不同。我不爱出风头，也不找女明星胡闹；严、姚他们这方面的作为，实在令我看不惯。在那个年代，做个电影艺人很不容易，生气烦恼也是难免的事，严华他们自己在外边受了气回来就找人泄气，打骂那些公司里的无辜女孩子。这样的作风不能改一改，我实在是不能再与之共处。"② 上述文字发表之前，严华已过世。

进入21世纪，严华的形象越来越模糊，只留下一个八卦的背影：他是周璇的首任丈夫。

1

他自称南京人，从小生长在北平。1931年，他随明月社落户上海，"严华"这个艺名如同上海，完整见证了他的发迹、成名、落幕。1992年1月11日，严华于上海病逝，享年八十

---

① 《纪念姚莉——私人访谈录音片段2》，4:29—4:47。
② 上海市文史研究馆编：《上海市文史研究馆馆员传略（四）》，1993年，第190—191页。

岁,他的一生,近四分之三是在这座城市度过的。

严华扬名后,老友龚宪达为他写《艺人志》,将他刻画成文艺的早熟生:"民国十四年夏季,他考入北平尚志学校,在校攻读四年……学校里,同学组织音乐社,他是社员,组织话剧团,他是团员,他并且还是篮球队的队员。那时,对于音乐和话剧,便特别感到兴趣,几次公演,都博得大众好评。"①应该是在1929年初夏,他踏上社会。那时,明月社的前身中华歌舞团已解散,前团长黎锦晖与家人滞留南洋,靠创作时代曲为生。"写成的歌曲,一批一批地寄往上海,由各书局大量发售,果然风行,一版再版。"②参考自传《我与明月社》,黎锦晖于1929年10月回国,"一到上海,便准备重整旗鼓恢复歌舞团"③。

严华赶上了好时代。重生的明月社需要输血,在研讨招生训练问题时,黎锦晖"主张把这一工作移到北平去,因为那样可以缩短训练国语时间,生活方面也可节省些,就这样做了决定"④。1930年年初,明月社北上巡演,同时扩充队伍。"五月上旬正式在北平真光大戏院公演三天,售座很好。接着又在西区哈尔飞大戏院续演三天。五月十六至十八日应'安琪儿

---

① 《实报半月刊》,1937年第2卷第11期,第23页。
② 《文化史料》第四辑,文史资料出版社1983年版,第218页。
③ 同上,第218页。
④ 同上,第220页。

明月社乘火车赴外埠演出，黎锦晖侧坐望向窗外（黎泽荣供图）

画报社'之邀,到天津皇宫大戏院上演。当地春和戏院经理高士圻看了剧又约续演。春和女领票员严斐、京剧旦角严华,坚决要求参加歌舞团。在学校演出也有类似情况,但从来没有接收。"①

严斐即严华胞妹,两个北平人当时在天津讨生活。严华是由哥哥的介绍,在天津一家储蓄会里做事。兄妹俩看准上海来的这个歌舞团大有可为,辞职追随。1931年年初,明月社新招的北籍成员分批抵沪,"加紧分组训练……旧团员分配了灌片任务,各有精益求精之志;新团员也努力追赶,打算争取在公演时担任要角"②。灌片即灌录唱片,也叫灌音,当时没有剪辑技术,讲究一气呵成,对演唱者、乐师的要求极高。"从舞台走进录音室,集中一次灌片百张",促使黎锦晖和团员重视训练,"每歌从头练起。上下午各三小时,练习演唱伴奏,晚上两小时,朗读报纸,早晚还须练口型发音。新生同时参加,历时一个多月"③。严华在自传《九年来的回忆》中写道:"初到上海,我像块木头似的,什么都不懂……团里有好几架钢琴,一切乐器都很完备。我在空闲的时候,除了看书写字以外,便是悉心研究乐理,有时也喜欢弹弹钢琴。"④这样的学徒生活,上

---

① 《文化史料》第四辑,第223—224页。
② 同上,第228页。
③ 同上,第228—229页。
④ 《万象》,1941年第1卷第2期,第85—86页。

海人叫吃萝卜干饭。

聂耳也在明月社吃过萝卜干饭,不过明月社当时已更名为联华歌舞班。起因是"联华影业公司经理罗明佑想把'明月'的全部团员吸收过去,组成歌舞班",黎锦晖"想到团体的前途,参加电影工作最有出息,团员也感到工作与生活都有保障,全体赞成"[1]。1931年3月27日下午三时,联华歌舞班在爱文义路(今北京西路)一二九甲号开了成立大会,次日《申报》(第10版)发新闻,旁边刊登《联华影业公司音乐歌舞学校招考练习生启事》。在《聂耳日记》中,明月社的那页从1931年3月28日翻起:"昨晚已决定今天去找李子厚问一问南京军校的情形,不料在报上又碰到一个机会,我想是有去试一试的必要。"[2]和严华一样,聂耳的命运就此改变。4月1日初考:"到那里才刚刚一点钟,本来订的时间是二点十八分。黎锦晖进来了,他给我们很客气地打了招呼,进了主任办公室。"[3] 4月13日报喜:"为考复试,八号以前都在家练习寄来的谱。八号的复试是加入演奏,我已取录。"[4] 5月15日补了搬进爱文义路宿舍的记录:"生活终于改换了,自从四月二十二号迁入学校以后,简直和以前两样了。"[5]

---

[1] 《文化史料》第四辑,第229—230页。
[2] 《聂耳日记》,北京联合出版公司2021年版,第116页。
[3] 同上,第116页。
[4] 同上,第117页。
[5] 同上,第118页。

明月社演出前化装，王人美（中）、黎莉莉（左）（黎泽荣供图）

1931年4月22日，严华从此多了一个爱写日记的宿友。在歌舞班，严华当时已经够资格登台。同年6月6日，《申报》有"联华影业公司音乐歌舞大会"的广告，"联华明星"一栏登出十六人名单，严华敬陪末座，前面皆为女士，他是男性的独苗。聂耳出现在"乐师"一栏倒数第三，署名聂紫艺。明月社为时代曲培养了许多作曲家，绝大多数都有乐师的背景，严华是特殊的，他是演员出道。这则广告的另一看点是四句口号："推行标准国语，辅助社会教育，发扬民族音乐，沟通中西文化。"顺序有讲究，折射出黎锦晖的教育家本色。9月5日，联华公司与歌舞班的成员补签正式合同，聂耳月薪二十五元，同期进来的乐师江涛四十元，师兄严华居然只有二十二元。聂耳在日记中写道："这种分配太有些不公……老江和老宋在大喊严华酒醉，又做出些怕他的怪样和痴笑。使得他愈更加装起疯来，什么苦笑，跳舞……想借题发挥一些牢骚，实在是他对待遇的不平和心里平日所积的隐痛……"① 老江即江涛，南洋华侨，因肤黑在《聂耳日记》里绰号黑炭、黑先生；老宋是乐师宋廷璋。熟读《聂耳日记》，会发现日记主人对严华是有点反感的。9月23日，聂耳写道："《银汉双星》结束，要我们拍一幕歌舞短片……严华因为不想饰吹号手，嚷了半天请江涛代。真滑稽！一

---

① 《聂耳日记》，第139页。

来就想演主角,你究竟有什么成绩表现出来过……他说了一堆无用的话,越想越好笑。"①歌舞班因为挂靠联华影业公司,成员们相互别苗头(沪语,较量),都想借助大银幕一飞冲天。

上海的天空阴云密布。1932年1月28日,日本海军陆战队在北四川路西侧突袭中国驻军,聂耳在隔天日记中写道:"老宋、江、严华、《时报》新闻记者张,一块步行到北四川路探消息。一出门便呈现着恐慌的气象,店铺都关了门,甚至于大马路中外大小商店。战斗机旋绕天空,嗡嗡声不绝于耳。"②聂耳认识《时报》的员工,后来他化名"黑天使"写的檄文就是在这张报纸发表的。2月1日,他在日记中写道:"今晨三四点钟从梦里哭醒……严华进来开了灯,张着两只大眼睛问我是什么一回事,我还是在哭。"③

战事重创上海的文娱产业,3月2日,传来联华即将解散歌舞班的消息④。联华给了两种解散方案,歌舞班开会决议,易名明月歌舞剧社,黎锦晖提出江南、华中巡演的自救计划,宋廷璋、许曼丽等人要求脱离。3月31日的日记写道:"晚饭在一家北京馆子喝八两'五加皮',是我请客为老宋饯行,有严

---

① 《聂耳日记》,第147页。
② 同上,第203页。
③ 同上,第206页。
④ 同上,第220页。

华。"①聂耳和严华的关系比较复杂。4月20日的日记写道:"和严华谈话,我不客气地对他说我是恨他,他对我的个性有些非常诚恳的批评,我非常感谢他。"②4月30日,明月社登船,江南巡演的第一站是去南京。

这次巡演以失败告终,原因在黎锦晖的自传《我与明月社》有详尽叙述。6月2日,明月社回到上海,两天后,敲定与天一影片公司的拍摄合同,严华的脱社要求被拒③。他的运气来了,黎锦晖编剧的歌舞片《芭蕉叶上诗》找他演男一号。在《聂耳日记》中,严华的形象愈加糟糕,6月28日的日记写道:"华近来尽量拉连感情,借钱给黑炭,请枝露——他所迷恋过的看'普天同庆歌舞团'。我和他开玩笑,要他请我,他老实不客气地说:'不请男人,请女人痛快些!'"④7月1日更惨:"严华这狗子,他算什么,做了这么一点臭角便摆起臭架子来。他妈的,你会摆,也许我还比你摆称些!"⑤《芭蕉叶上诗》拍摄期间积郁的内部矛盾以及爱国救亡的文艺路线之争,随着聂耳化名"黑天使",在7月13日《时报》发表文章《黎锦晖的〈芭蕉叶上诗〉》而彻底爆发,同日另写《中国歌舞短论》,发表在《电影艺术》周刊。他笔下的怨气直冲云霄:"说到中国的歌

---

① 《聂耳日记》,第235页。
② 同上,第238页。
③ 同上,第262页。
④ 同上,第280页。
⑤ 同上,第281页。

舞：不免想起创办这玩意儿的鼻祖，黎锦晖，不怕苦，带领了一班红男绿女东奔西跑，国内国外，显了十几年的软功夫；佩服！佩服！香艳肉感，热情流露；这便是十几年来所谓歌舞的成绩。"明月社上下无法接受沦为卖弄软色情的评价，聂耳为此退社，去北平发展。

严华的萝卜干饭日子还在继续。《芭蕉叶上诗》公映后好比一场灾难，黎锦晖写道："就连我这编剧的人，也看不懂影片的情节。"[①]不过，明月社的成员，"多数人是通过演《芭蕉叶上诗》转入电影界的"[②]。严华属于特例，除了作曲、写歌，他后来与大银幕保持距离，多年以后有记者追问他原因，他答道："我的志趣并不在此，我对于影人生涯始终表示厌恶，所以宁愿在别地方谋发展。"[③]

参考旧百代档案，1932年10月，严华为百代灌录歌曲《银汉双星》（一段与王人美合唱，二段为严华独唱），唱片于1933年3月出版；同时，严华还在明月社为胜利公司灌的一组唱片里献声，譬如《民族之光》（与王人美、白虹）、《叮叮当太太》（与王人美），都是他作为歌手的早期作品。

---

① 《文化史料》第四辑，第236页。
② 同上，第237页。
③ 《力报》，1940年5月21日，第1版。

2

明月社栽培了严华,还有周璇。周璇在明月社当练习生,不足半年,这个组织于1933年3月解散。"几乎五分之四的社员离社他去……有条件的大多数社员脱离了明月社,加入影片公司,成为正式演员。"①剩余成员另组新月歌剧社,3月18日《申报》登了新月社招考女演员的广告;4月,严华北上招募新员:"黎锦晖领导之新月歌剧社,于最近特派该社剧务主任严华来平,由前日起(三日)在东单栖凤楼五十九号,招考女社员六七名……"②属于新月社的一页在黎锦晖的自传中完全消失,也被他们的朋友、老画师丁悚写回忆录的时候无视。"黎锦晖的明月社将散伙时,严华拥有周璇们七八人,都没有较好的出路。那时西门内翁家弄有一益智社业余歌唱集团,为金宏基律师的儿子,金铭石、佩鱼弟兄俩合办的",丁悚说自己受金佩鱼之邀,"极力推辞,不获允,乃举严华为他们导师,固两得其所,幸片言立决,严率前明月的旧人,如周璇、严斐、欧阳

---

① 《文化史料》第四辑,第236页。
② 《华北日报》,1933年4月6日,第6版。

飞莉们七八人，作基本社员，改名'新华社'……"①

新月歌剧社存活了起码大半年，一直打着黎锦晖的旗号，1933年7月底至8月上旬还在《申报》打了十几场的公演广告。严华在自传中这样解释："有一个在黄克体育馆做事的黄森先生，他愿意出钱来收拾破碎的'明月'，他鼓励我们向前走。于是又组织了'新月'……那时黎锦晖先生还是负着领导的责任，我是担任剧务部主任。'新月'成立以后，我便把周璇拉了进来。"②

明月解散之时，周璇的翅膀还没长硬，幸亏严华拉了她一把。周璇后来感恩道："我的前途之黯淡简直是不敢想象的。幸而，后来有金佩鱼先生投资，与严华合作，办了一个新华歌舞社……就因为这一层关系，我对于严华的好感逐渐增加起来。"③

新华歌舞剧社的运营几乎照搬明月社，丁悚记得："社务生利范围为：一、播音，二、公演，三、灌片，四、或代摄电影中的歌舞场面。严华个人除外，普通社员皆支月薪，将来盈余利润，则金、严平均对派。"④1933年11月23日《申报》刊登了新华社在黄金大戏院的公演广告。丁悚"又代他们拉拢了几档播

---

① 《东方日报》，1944年10月27日，第3版。
② 《万象》，1941年第1卷第2期，第88页。
③ 《万象》，1941年第1卷第2期，第82页。
④ 《东方日报》，1944年10月27日，第3版。

右起：金佩鱼、丁悚、佚名（丁夏供图）

音节目,几次灌片生意,黄金、金城两次公演,成绩都十分优好,只有在电影方面,稍吃倒账。不过佩鱼年幼识浅,完全是一纨绔子弟……且对于稍具姿色的女社员常不怀好意地追求,严华知非久计,急流勇退……"①

严华则说:"经过几次的演出,社会人士对于'新华'渐渐地有了认识。那时又正是上海的播音事业刚在崛起的时候,我们便在公演歌舞以外,又在友联、利利、富星等电台,担任了几档歌唱节目。周璇慢慢地在电台上和我同时红起来了。"②周璇的红,有一个标志是1934年5月《大晚报》发起了"三大播音歌星竞选"的活动,评选结果登在同年6月14日的报纸上,白虹、周璇、汪曼杰当选。参考旧胜利档案,7月13日,周璇、严华在胜利公司合灌了名曲《桃花江》。

新华社时期,严华开始写歌。1934年7月17日《时事新报》有载:"在友联电台连续播唱了七个月的新华社,从今天是中止了。原因一方面是为了合同已满,一方面为了该社最近忙不过来。你看吧,二十日二十一日要在新光表演,这两天日夜在赶紧排练,并且十八日还应了蓓开唱片公司的要求,灌唱新歌……据记者所知道的,那天所灌的新歌有:《恋爱的心》,《红泪悲歌》,《隔墙花》,周璇唱……《群星乱飞》,严华

---

① 《东方日报》,1944年10月27日,第3版。
② 《万象》,1941年第1卷第2期,第89页。

唱……这些歌都是由一个姓张的制曲家的新著。"这位制曲家即张簧,严华的明月社老伙计。《水火》杂志有不同的记载:"《红泪悲歌》严华作……此歌已在蓓开灌音由周璇唱出。"① 蓓开的这批唱片由于实物上并未标注词曲作者,此事存疑。不过《歌星画报》另有一份严华创作的旁证,1935年第1期杂志登了严华作词、张簧作曲的《生之哀歌》歌谱,看歌词,并非吕骥为电影《生之哀歌》写的那首同名插曲。《生之哀歌》以及《薄命佳人》的歌词还刊印在《水火》1935年第1卷第1期上,署名皆为"严华作"。为此,我推断严华在1934年至少已开始参与时代曲的歌词创作。

自传中,严华写道:"我和周璇,在百代、胜利、蓓开三个公司灌过很多唱片,这些都是我们两个人共同的心血。灌片的待遇是:做一个曲子,代价一百数十元。灌唱人方面,女的每张致酬二百元,男的是一百五十元,其他再抽版税百分之六。"② 严华一生创作近百首歌曲,小半数写给周璇,尤其是他的早期创作,首唱几乎皆为周璇。但是周璇晋升巨星主要依靠电影。退出新华社后,"周璇由丁悚和龚之方两位先生的介绍,加入了艺华影业公司,担任配角,每月的薪水是五十块钱",严华写道,"她的第一部处女作是《花烛之夜》"③。1941年,周

---

① 《水火》,1935年第1卷第2期,第24页。
② 《万象》,1941年第1卷第2期,第91页。
③ 同上,第89页。

璇为《万象》撰文《我的所以出走！》，也说"处女作是《花烛之夜》"。

她转战影坛应该发生在1935年的春夏之际，同年5月3日《时事新报》有载："闻三大歌星之一周璇将加入某公司为正式演员，但周璇与新华社合同尚未期满，故一时或不至实现。"此后，严华跳槽刘衡之领导的上海歌剧社，6月10日《时报》登出《上海歌剧社理事会成立》的新闻，严华担任正领导，刘衡之为副手。这次合作很快夭折。同年12月7日出版的《娱乐》双周刊记载："桃花太子严华，自加入播音界之后，以生来面孔漂亮，手段过人，故大受异性之欢迎，博得'桃花太子'之雅号……严本为上海社之人物。在该社中颇有相当势力。然以骄益，颇招嫉视。又以脾气太过之故，与该社刘衡之卒以闹出意见。严华即愤而脱离该社。然以近日播音界不景气，各歌唱团体均纷纷紧缩……严逡巡多时，卒无可安身之处。"截至1935年，严华与周璇尚未有擦出爱火的消息见诸报刊。诨号"桃花太子"的他，《电影新闻》传已与潘文霞订婚（1935年第1卷第7期），《歌星画报》（1935年第4期）说："严华'罗曼史'者甚多，某刊又载'追求他的人可以坐满一桌……'"

情场得意、事业受挫的严华吃起了回头草，1936年，他投奔明月社的残部。在自传中，他写道："我和黎锦光先生合组了大中华歌舞团，同白虹等一起上南洋表演，直至隔年的春天才回来。"①明月社的老领导黎锦晖此时已被他的七弟黎锦光架空,用他自己的话来说,"与'大中华歌舞团'名义上没有关系,也不负任何责任,但它终究是明月社的尾声"②。不熟内情的黎锦晖强行在自传里续貂,他说大中华歌舞团的南洋巡演时间是1935年7月至1936年5月,然而1936年3月15日严斐与影星刘琼大婚,身为哥哥的严华以及黎锦光、白虹等友人皆在上海的会宾楼吃喜酒③。依据同年8月7日《申报》,大中华歌舞团的起航时间是1936年6月28日上午十时,在招商北栈搭乘法国邮船,巡演首站是安南。

严华的自传也有瑕疵,他说"隔年的春天才回来",实则当年秋天就折返了。"小报状元"唐大郎在1936年10月2日《世界晨报》的专栏里有记载:"严华自南洋归,惧船晕,在暹罗买野山椒一瓶,野山椒小如粒米,而味则极辣,入口,舌尖为之麻木,然坐船唤此,可以解晕……"黎锦晖自传对严华早退的记载是"因意见不合在曼谷自行折回"。

严华的自传还浓缩了他与周璇的"爱情":"回来以后,便在愚园路愚谷邨,和周璇举行订婚礼。"④前面大量渲染如何提携周璇,怎么去了一趟南洋就要结婚,况且女方还留守上海,

---

① 《万象》,1941年第1卷第2期,第89—90页。
② 《文化史料》,第4辑,第245页。
③ 《铁报》,1936年3月16日,第3版。
④ 《万象》,1941年第1卷第2期,第90页。

实在匪夷所思。1987年,严华接受沈畹采访,是这样解释的:出行前曾去周璇家吃饭,获赠一本日记,关照到了船上方可打开,他是看了日记才知道周璇爱他①。据他回忆,到上海那天正值1936年农历中秋,即9月30日。

参考旧胜利档案,1936年11月23日,周璇、严华合灌《扁舟情侣》。重温这首歌,仿佛定情之作,严华包办词曲,正式迈入唱作人之列。此前,他们还为胜利公司灌了黎锦晖写的《爱的新生》。同年11月出版的《戏剧周报》将周璇、叶英的近照登在一起,图说是"都是桃花太子严华的爱人,但是严华却爱了周璇,并且要预备结婚了!"②。严华赋闲,报纸说他即将加盟天一影业。"邵醉翁现在的再度请教他,因为严华在'桃花'方面至少还有一点观众,而且现在失业的时候,薪水自然不况小一点……"③这篇报道笔锋一转:"好像最近很有人谈起严华和周璇如何如何的,严华自己不承认,也不否认,周璇总是连连摇头,说为什么要造我的谣言呢……"《铁报》2月5日改口称严华不入天一,4月14日说:"严华虽无固定职业,现住蒲柏路大华公寓,生活仍很不错的样子。"蒲柏路即今太仓路,旧法租界的好地段。

同期,在唐大郎的专栏有载:"饭于慕老府上,严华于酒

---

① 《影人家事百态》,上海文艺出版社1989年版,第8—9页。
② 《戏剧周报》,第1卷第5期,第15页。
③ 《铁报》,1937年1月15日,第3版。

后,兴致大好,与玲仙唱《桃花江》,周璇女士,至今已为银幕明星,似敝屣当年之歌曲矣。顾以为众所瞩,则亦来了一段,声细,乃不知其所歌是什么也。"①慕老即丁悚(字慕琴),严华酒后与薛玲仙合唱明月社老歌《桃花江》,周璇似乎有影星包袱,但架不住大家纠缠,也唱了起来。

参考旧百代档案,1937年4月26日,周璇在百代小红楼灌录名曲《何日君再来》,里面那句"来来来,喝完了这杯再说吧",传说是严华献声。

严华还和戏剧家陈大悲合作,1937年3月8日《申报》有话剧《爱国商人》的演出简讯:"由新华乐剧社陈大悲、严华二位先生演出。"4月30日《东南日报》登载:"新华乐剧社,应浙江省广播电台邀请,定今日下午六时至七时播奏各种音乐著名歌曲。"5月12日《铁报》说:"陈大悲为一戏剧家……最近,忽与'桃花太子'严华携手,合组新华乐剧社,前周一度赴杭……影星周璇与严斐,胥参加演出。"这次合作早夭,6月11日出版的《星华》杂志革新第4号写道:"新华乐剧社的计划是打算往南洋跑的,忽而又主张先在杭州南京等地公演一下子,捞些钱作旅费也未始不可。因此新华乐剧社便在杭州公演,营业大败;继而在南京公演,又是大败,弄得周璇严华不告而别,陈大悲临时举债而返……"此时严、周二人已订婚,喜讯

---

① 《铁报》,1937年4月12日,第2版。

见1937年第7期《时代电影》杂志:"严华与周璇已于五月廿九日订婚。"

侵略者的战火又来搅局。八一三事变后,"电影业几乎陷于停顿状态,严华计议向外发展",这对伉俪开始"长征","在香港、菲律宾等地巡回献演",近一年的漂泊生涯,周璇自称从中收获甜蜜,回到上海,"随着严华北上,在北平结了婚……"[①]严华则说:"(民国)二十七年的七月十日,我和周璇在北平西长安街春园饭店举行婚礼,正式结为夫妇。"[②]

3

与周璇成婚激活了严华的事业,他沾光不少配乐、写歌的工作。"重来上海,"他写道,"周璇加入了国华影业公司,起先订立的合同,连我的作曲在内,每月的薪金是四百五十元,第一部主演的片子,是《孟姜女》。"[③]

丁悚为这对明星夫妻另介绍了爵士社的播音工作,他在回忆录里谈了这份高额合同与《孟姜女》为何冲突,严华与周璇

[①] 《万象》,1941年第1卷第2期,第82页。
[②] 同上,第90页。
[③] 同上,第90—91页。

由此争吵,"结果,竟将她已怀有四个月的身孕吵落了"①。

1938年11月6日《申报》旁证:"周璇严华伉俪,月前同由北方南来……那位怀孕数月的孟姜女——周璇,前天忽为偶一失慎,腹部受震,而猝然流产致病了。"

婚后,周璇"以为前途有的只是光明、美好的生活,"结果不如"预测的美好,渐渐地,猜疑,侮蔑,难堪……"②这次小产留下的阴影,严华似乎缺乏体察。他迅速进入时代曲幕后英雄的角色,1939年至1941年这三年,他的词曲产量、质量在歌坛属于第一梯队,超越尚未发力的陈歌辛、姚敏,比肩黎锦光、严折西这样的大家。因为酷爱京剧,严华做的时代曲明显沾染戏曲味道,与洋气、爵士这些词汇并不沾边。承接严工上,他归属时代曲的国风派,早期作品喜欢与周璇合唱,富于民间山歌的情爱色彩。他笔下的最佳作品莫过于《月圆花好》,搭配范烟桥的鸳鸯蝴蝶派歌词,堪称时代曲之传世杰作,周璇原唱虽用国语,姑苏风韵媲美评弹。

严华常去百代公司灌音,对留声机的唱针起了兴趣。1940年4月17日《申报》透露:"严华现在正和几个朋友合办一个唱片的钢针公司,已经开始营业,订货也有不少。他俩本来住在极司菲尔路,但为了工作的便利起见,昨天已乔迁到姚主教路

---

① 《四十年艺坛回忆录:1902—1945》,上海书店出版社2022年版,第43页。
② 《万象》,1941年第1卷第2期,第83页。

周璇20世纪40年代留影（摄影：佚名）

居住了。"周璇搬家,依据1941年第1期的《影星专集》,"迁居姚主教路茂龄新邨,再后,又因为受不了二房东严厉的约束,于是,再度乔迁,就在茂龄新邨的对面,新建造起来的国泰新邨里,租下十二号的楼下"。黎锦光与白虹也住在国泰新邨,后来严华、周璇闹离婚,他们还去劝过。严华创业,部分原因在于唱针"一向是被舶来品占据了市场,到现在为止,我们中国还没有一枚自造的国产唱针出现过……"[①]与其说记者是重视严华,毋宁说是关心周璇,从这年的春天起就不断传出她婚变的消息。

周璇始终隐忍,直到1941年6月。依据《严华周璇婚变特刊》第一号头版文章,"在本月十四日(事情发生之前二天)",这对怨偶,"曾经到霞飞路上的DD咖啡馆去喝过茶,那时候他们还是很快活的好夫妻"。然而到了16日,"下午两点钟的时候,周璇穿好了衣服走出大门,(严华在厂里办公……)她的母亲问她:'到哪里去?'她说:'到过房爷那里去!'"过房爷即干爹柳中浩。周璇自此失踪。隔天凌晨一点半,严华打电话给柳中浩,对方说周璇没来过。严华急了,"将首饰箱翻上一翻,结果发现所有的首饰和银行存折、图章等全部不翼而飞"。18日,《新闻报》登出"陈承荫律师代表严华警告周璇启事"。19日,记者守在柳中浩家里,上午十一时,周璇出现,随后严华

[①] 《力报》,1940年5月21日,第1版。

也来了，夫妻对峙："严华：'为什么你要同我离婚？'周璇：'你打我骂我，你知道我痛苦吗？与其这样，还不是离婚的好。'严华：'我又不是天天打你骂你。'周璇：'你打起来，凳子乱掷，简直要我死，我实在受够了，你登报说我卷逃，我又没有逃，银行里的存折，我拿了又没有去领，何况这些折子，都要我用血汗赚来的，还是我的东西。'"①

唐大郎隔天写专栏嘲讽："严周自事件发生后，有人劝严华曰：'汝为一有志青年，应珍惜自己前途，勿为一个老婆而毁了自己'，严韪其言，然其望周璇归来之心，依然甚切，此真天地间无可奈何事也。"②仿佛连台大戏，而且闹足一个多月，7月30日《严华周璇婚变特刊》甚至发行到第七号，而正式的离婚协议书是在7月23日下午签的。

严华的形象为此重伤，多年后还能在外地报纸上读到这种短文："十六夜于天蟾观童芷苓之《新纺棉花》，近十时隔座空位上，来一西装客，大方而有气概，兰言兄起而招呼，旋告余此即严华也。斯人与周璇分离迄已五年，婚变起因，周谓严太虐待，不堪偕老，今见渠文质彬彬，迄剧终未发一言，当初片面之词，固未可听也。"③

离异后的严华以厂为家，"现任中国唱针厂协理，兼营业

---

① 《东方日报》，1941年6月20日，第4版。
② 《东方日报》，1941年6月21日，第1版。
③ 无锡《导报》，1947年5月22日，第2版。

主任，及厂长；一人兼任三职，其忙碌可知。每日起身甚早，锻炼身体后，即自总厂出发先后至第一第二分厂视事，料理一切厂务……"①依据旧百代档案，婚变后的严华几乎退圈，偶尔为女歌手抬个轿子，合唱或者制曲，譬如《并肩前进》（姚莉）、《百鸟朝凰》（李丽华）、《夜半三更》（白虹）以及《大地之歌》（梁萍），数量还不及报刊为他编造的女朋友多。社会上的交际花也欢喜与严华传绯闻，照今天的讲法，他是有"流量"的人。1946年，桃色女主角演得最传神的当属董佩佩，这位交际花"对人说严华为了她像周璇，对她一见钟情；这也是她的'牛皮'，据严华说，他只见过董佩佩一面，根本脑子里就没有她这个人的印象……"②严华的再婚对象是富家女。"经友人介绍，与申新纺织厂厂长之女公子潘凤娟相识，两人竟一见钟情，定昨日下午六时，在康乐酒家订婚，闻周璇在港知此消息，已驰电致贺。"③在报纸上，严华无论怎么言行，都踩在周璇的身影里。同年10月23日，"在红棉酒家结婚，新娘小小的个子，和周璇的外形差不多。是日到场的贺客，有丁悚夫妇，黎锦光白虹夫妇，以及严折西、姚敏等。严华的妹妹严斐，这天做了女招待"④。

---

① 《社会日报》，1942年7月17日，第1版。
② 《一周间》，1946年第6期，第3页。
③ 《力报》，1948年5月17日，第1版。
④ 《铁报》，1948年10月24日，第4版。

时代曲最后的七年黄金岁月，严华基本缺席，提前感受到了红牌离场的落寞与心酸。这种滋味，时代曲的从业者都要品尝的。转型之后的严华，面对焕然一新的中国，俨然是一位振兴民族的大企业家，唱针国产化的故事要从他讲起。他选择留守，随后是复杂的公私合营，兜兜转转，他和黎锦光在20世纪50年代后期重逢于衡山路811号，在唱片厂又成了同事。

2021年11月，我在百代小红楼旧址背后的公园里听唱片厂的老员工朱忠良先生讲了一些严华逸事。特殊时期，严华吃的苦头要比其他时代曲元老少，他被分配在四楼的车间装配小零件，黎锦光负责厕所以及浴室的保洁工作。这两位元老定期在华亭路严华家里办文艺沙龙，不过那是改革开放以后的事情了，朱忠良有幸参与。

严华的晚年生活在新加坡的几张报纸上也留下了颤颤巍巍的痕迹。"快要80岁的老人，现在与老伴住在上海华亭小商品市场附近的一排三层楼老屋的一层楼上。两年前，在美国的李丽华到上海，拜访了严华这个堂叔，严的儿子，在'小眯'的安排下，也到美国发展去了。"[1]老歌迷王振春于1987年拜访了严华，"九个月前，他发生了一次小中风，现在还要靠拐杖走路……"王振春离开时，"严华特地交给我三首他最近写的新歌，这三首歌的歌名是'你到哪里去了''你的眼睛告诉我'

---

[1]《新明日报》，1987年8月6日，第13版。

1989年,丁悚夫人(左)九十大寿,在新亚饭店办寿宴,严华列席(丁夏供图)

以及'天上和地下',我随口哼哼旋律,发现还有当年的韵味。他说:'把这些歌带到新加坡,看看有没有歌星要唱?我年纪大了,只能写出从前那样的东西'"。那一年,恰好也是周璇去世三十周年。王振春在文章中感叹:"周璇能够成为'金嗓子',严华的功劳很大。严、周当年如果不分手,周璇的悲惨命运大概不会发生。"①

婚变之初,《万象》杂志邀请严、周双方写文章自辩,严华的枪手笔名路德曼。1946年,路德曼分别看望了两位当事者。先去周璇家里,"雨夜,在林森路一八二〇号三楼,看到了周璇,她面色很不好,据说前星期日深夜返家黑漆漆的一团,让她的二足失去了知觉,她直从楼梯上跌下来……"②勉强谈及前夫,周璇只说:"我现在没有恨他的成分。"次日,路德曼在一个很巧的场合偶遇严华,"还是老样子,左手戴一个金戒指……对于艺人生活,他已觉得厌而淡了,但他还口口声声的喊着'小璇子'的名字"。严华问路德曼:"小璇子很好吗?"路德曼说:"很好。"严华笑笑,不响。路德曼想起这对夫妻当年闹婚变的场景,百感交集。

---

① 《新明日报》,1987年8月6日,第13版。
② 《万花筒》,1946年创刊号,第11页。

A3. 严氏三杰

自1926年黎锦晖发表《毛毛雨》,中国的流行歌曲已有近百年的历史。时代曲如今很时髦,就像黑胶唱片,在21世纪喜迎回潮,被年轻乐迷敬为上宾;与此同时,老一辈歌迷、部分专家,依旧沿用"上海老歌"去隐括旧社会的花样年华。前阵子去育音堂看吴建京和Shot乐队的演出,事后闲聊,他说:"你转发的那本严折西的书①我买了,不过还没有收到。"他接着说:"我也很喜欢时代曲,研究过黎锦晖,以前有一位姓孙的教授写过一本书。"他越讲越精神,让人信服。也是,摇滚乐与时代曲的确存在着一些奇妙的因缘。记得本世纪初,因为喜欢香港的一支乐队,在他们的专辑里听到了白光演唱的《等着你回来》,我后来对时代曲产生兴趣,其实是从严折西作词的

---

① 《老上海"时代曲"——"严氏三杰"歌谱集》,上海教育出版社2023年版。

这首歌开始的。

1

严折西晚年成为上海文史研究馆的馆员,在别人的帮助下写了自传,他自称:"1909年2月出生在安徽歙县的一个平民家庭……父亲严工上早年在歙县新安中学教英文,当我八九岁时,全家迁来上海定居。"①由此推算,严家来沪发展的时间大约在1917年或1918年。严折西有一个歌影双栖的妹妹严月娴,1940年她接受采访,回忆在她四岁时:"有一亲戚任职于吴淞炮台司令处,所以全家就搬到宝山……"②在宝山,严工上成了吴淞要塞司令部的翻译员;几年后,还是吃开口饭,他被上海国语师范学校聘为讲师,同事包括后来成为茅盾的沈雁冰③。在随后的民国岁月里,严工上的语言天才惠及上海的艺文界,好些志在当明星的年轻人都找他补习国语。近水楼台,他和他的子女也相继进了电影圈。严工上拍的第一部电影是神州影业公司出品的《不堪回首》,这部默片因为是1925年公映的,多年以后,

---

① 上海市文史研究馆编:《上海市文史研究馆馆员传略(四)》,1993年,第188页。
② 《大众影讯》,1940年第8期,第61页。
③ 《申报》,1923年12月26日,第2版。

老先生为《明星特写》编写简历，说自己是民国十四年（1925年）加入了影界，实则《不堪回首》摄制于1924年，同年还举办了一场试映[①]。

翻开《老上海"时代曲"——"严氏三杰"歌谱集》，书中收录了严工上的时代曲创作三十五首、严个凡的二十九首以及严折西的一百五十二首。这些歌曲有一个共性，它们是在中国电影进入有声片时代的大背景下孕育的；这一点在严工上的身上最为显著，歌谱集里有他署名的时代曲大多是电影的主题曲或插曲，而且，那些电影几乎都是古装片。也是这个缘故，他的音乐才华没有得到完全的绽放。假使按照歌谱去寻找那些作品的早期录音，会发现严工上是插在时代曲疆土上的一面古典派旗帜，他的作品崇尚民乐编曲（周璇演唱、发表于1944年的《歌女忙》是一个例外），这与史料中读到的那个爱跳西洋舞的严工上存在落差。理想中，严工上更为摩登，更富于爵士风情。

严工上最为民国小报津津乐道的一点便是他的爱跳舞。1941年2月6日的《上海小报》写他："是最有趣的人物，虽然他的胡子拖得很长，可是他的性情同小伙子，一个样子，什么玩意他都会，尤其是时髦的跳舞、歌唱……三头两日我们可以在一家跳舞学堂里，看见他搂着年纪轻的小姑娘，婆娑起舞，而且他每到一舞场，都是每只音乐都跳，才能过瘾，有的时候他

[①]《申报》，1924年12月6日，第18版。

严工上20世纪30年代留影（严半之供图）

的舞伴一时找不到，他会同黎锦晖，把他的女儿严二姐叫去，跟他同舞……"这样一位舞池怪咖，他找舞搭子的路数也很奇特。1938年第7卷第5期的《电声》杂志披露："严老上舞场去，他总选没有生意的舞女跳，一些汤团舞女，都称他慈悲老先生。"舞技方面，当时在上海滩他绝对是一块招牌，1935年还编译了专著《新式社交舞术》，1938年在《申报》撰文《英国式摩登交际舞之传至上海》。1939年5月21日《奋报》这样夸他："严氏一生，既惟致力歌舞，故其研究之精，并世无两，如今日上海舞风固已，臻于旺盛，然言舞艺，无有能出严氏之上者……"

严工上留在舞厅里的这些足迹很重要，因为舞厅和电台是当时时代曲传播最为重要的两大场域，兼具输血站与实验室的功能。在那个年代，你根本找不到女歌星不涉舞厅的例子，事实上，她们在发唱片的前后都在舞厅驻唱，这是她们的饭碗，也是提升技艺、名气的秀场。而许多杰出的时代曲作者，例如黎锦光、严折西、严个凡，他们都有在舞厅担任乐师（旧称洋琴鬼）的经历。

2

严个凡1902年生于嘉兴，是严工上的长子。在20世纪20

年代，三严的履历有一些是高度重合的，比如，他们都是黎锦晖的明月音乐社的早期成员，也都参与过魏紫波的梅花歌舞团。在这两大歌舞团体，二严磨练乐艺，也收获了爱情——严个凡与"梅花"的洪耐秋成婚，严折西则娶了薛玲仙。这时期，严个凡虽然以乐师的身份在许多文艺演出中抛头露面，但是他的社会头衔主要是画家。1933年3月26日《申报》登过一则演出广告，其中，洪耐秋女士的抬头是"画家严个凡夫人"，陈歌辛先生是"中国声乐专家"。

全面抗战时期，严个凡以多重身份涉足电影业。季克文对他评价极高，撰文《李丽华的歌唱是严个凡帮她成名》称："李丽华，是后起的'艺华'台柱。她也有歌唱天才，就追随周璇之后，成了艺华方面的'歌星'。但歌之能动人，主唱者牡丹虽好，也要作曲者的绿叶扶助。周璇得贺绿汀、黎锦光、严华他们的作曲，而今李丽华所唱的歌，作曲的正是大名鼎鼎严个凡。"[1]在当时的电影圈，严个凡有作曲才华应该不是秘密。"大家都知道他会音乐，却没有知道他还会舞蹈。最近，国联正在摄制陈云裳主演的《相思寨》，里面有一段蒙古舞，便是严个凡担任教导的。"[2]他的多才多艺，为他赚得怪杰的名声。

1994年，李丽华参加台视综艺节目《龙兄虎弟》的录制，

---

[1] 《大众影讯》，1941年第2卷第22期，第2页。
[2] 《中国艺坛日报》，1941年第28期，第1页。

严个凡的照片以及签名,原载1925年《小朋友》杂志

与费玉清、张菲同台演唱《天上人间》。李丽华晚年在公开场合如需唱歌，通常首选《天上人间》，这首歌属于她歌唱生涯的扛鼎之作，也是严个凡身为时代曲作者的金字招牌。借助文献，可以获悉它灌录时的一些重要信息："昨日因为隔日落了一天雨，所以李丽华的府上（霞飞路宝康里），简直积满了尺余深的水，但她很早就联同她的姐驱车到了百代。那时，严个凡黎锦光都已先后跟到。伴唱的乐队，和她一同先练习数遍后，至十一时许，才正式灌唱，由严个凡亲自指挥，并由黎锦光在旁指导。"①引文最值得玩味的，即严个凡作为《天上人间》的曲作者亲自指挥乐队完成录制。与黎锦光不同，严个凡当时并非百代公司的员工，他的亲临现场，或许能解答时代曲的编曲之谜。如今谈论流行歌曲的创作，离不开作词、作曲、编曲这三大要素，而编曲的概念在旧上海的时代曲是一个事实存在却不公布的盲区。《天上人间》的编曲工作大概率是由严个凡完成的，具体过程黎锦光也许有参与。

在"三严"里，严个凡是一个承上启下的角色。在他身上，舶来的爵士音乐对时代曲产生了更深远的影响，而这种化学反应会在严折西的作品中析出更美妙的结晶。要感知这一点，光读《"严氏三杰"歌谱集》是不够的，因为数字简谱的歌本只记录歌词与旋律，而歌曲的录音才能够承载编曲。从这

---

① 《电影新闻》，1941年第101期，第2版。

个角度看《"严氏三杰"歌谱集》，它成了一本非常严个凡的作品，仿佛桥梁，抑或导游。

严个凡名下的风景有一些极容易错过，譬如逸敏演唱的《春来了》、金溢演唱的《小姐变太太》，它们属于时代曲的沧海遗珠。我尤为赞赏以饮食男女视角剖析婚姻的《小姐变太太》。20世纪40年代是时代曲的黄金期，涌现了大量情歌，《小姐变太太》犀利幽默、清新解毒，是一股清流。它的演唱者金溢女士（1930年出生于上海）健在，我与这位童星出道的女歌手做了一个电话采访，可惜她对严个凡的印象经不起时光的磨损，我从《申报》找到了1942年夏天她作为客座歌手为严个凡统帅的国风大乐队在大华舞厅表演的广告，她认可这段往事，但是来龙去脉已不记得了。她说："严个凡和严折西都是作曲的人，我没有权利去拣他们的，只有他们来拣我，我替百代公司录唱片也是一样的情况。"

3

金溢对严折西的印象略深，因为他与黎锦光一样供职于百代公司，她去小红楼灌音，必然会遇见这位留着小胡子的大作曲家。

在系统阅读严折西的史料之前,我对他存在着某些误解,总认为他只是后半生特别苦,实则他是苦了一辈子。"1925年,江浙军阀齐燮元、卢永祥混战,战火波及上海,学校停课",严折西在自传里写道,"此后我转入自学,系统学习音乐理论、乐器演奏及美术课程。我从小受到父亲的影响,对音乐、绘画有特殊的爱好,所以自学是很认真的,加之我父亲的支持和帮助,所以进步极快。一二年后,就能为商务印书馆出版的《小说月刊》设计封面,创作插图;又任职于富华公司,在为公司画广告的同时,参与中华歌舞学校的乐队演奏。这是我踏上社会,自谋职业的开端"①。那时的他,绘画是工作,音乐是爱好。"1927年4月,北伐军打到了上海。应田汉之邀,父亲以及大哥严个凡、二哥严与今和我一同到南京参加了北伐军的工作。我任职于国民革命军总政治部宣传处书画股,军衔是中尉。"严折西脱离政治泥沼的原因极具悲剧色彩。"二哥严与今因为女友被人抢走,愤而投秦淮河自杀。遭此变故,父亲带着我们兄弟两人扶着二哥的灵柩离开南京回上海。"②严与今投河是严家的一道伤疤,史料中难免语焉不详,只在1948年5月24日的《和平日报》上有一次指名道姓的展示:"与今在南京政治部宣传处戏剧股股长唐槐秋手下做事,他也是爱好音乐的,爱上

---

① 《上海市文史研究馆馆员传略(四)》,1993年,第188页。
② 同上,第189页。

严折西（后排左一）薛玲仙（前排左二）夫妇的合影存世极少，此为1933年与友人郊游时留影（宗惟庚摄影，丁夏供图）

了同股的女同事黎清照,黎是文学家黎列文的寄妹,也是奏古琴驰名黎黄松的女儿,清照和他感情很好,她唱昆腔他吹笛,她唱歌他拉凡华林……"

一切是命,严与今因为黎清照轻生,严折西回沪后重返黎锦晖的中华歌舞团担任乐师,二黎居然是亲戚,皆为湘潭黎氏之后①。1928年,严折西随歌舞团赴南洋巡演。"在南洋的一年时间里,走遍了菲律宾、荷属东印度群岛、新加坡、马来亚等地……我在这一年中,留心南洋风情,采撷各地民间音乐,考察他们特殊的演奏方法……对以后音乐创作大有裨益。"②1929年10月,歌舞团回上海。"我到环球广告公司,担任美术部主任……这年年底,又去北平,参加了由黎锦晖等人组织的北平明月歌剧社所属乐队,在华北各地演出。"③《华北日报》在1930年10月25日至29日连载文章《明月歌剧社小史及近况》,对严折西的介绍如下:"为明月音乐会最早会员,善绘画,社中壁画,全出自他的手笔,黎著歌曲之封面,亦大半是他的作品,能吹、弹、拉、击,兼通中西各乐器,而精于塞克索风、大提琴及胡琴,性沉默而深于友谊。"他的沉默性格在义父丁悚的笔下有更精彩的刻画:"谭光友从前和严折西常在一起……有时江揆楚来时,凑成三个不开口的'温吞水'同志……薛玲仙说

---

① 黎锦晖之子黎泽荣告知。
② 《上海市文史研究馆馆员传略(四)》,1993年,第189页。
③ 同上。

他们在楼下客堂里，从下午五时坐起坐到吃夜饭七点多钟，三人大家闷声勿响，足有两小时以上，没有说过一句话。"①

有薛玲仙这样深耕歌舞的太太，严折西的艺术之路难免要往音乐倾斜。聂耳1931年4月考取由明月歌剧社改组而成的联华歌舞班，与严折西夫妇成为同事，在他的日记里，黎锦光是江湖色彩的七爷，严华的代号是严，或北平严，嘴脸都不好看，但是严折西还行。这或许受益于严折西夫妇不住员工宿舍，毕竟距离可以减少生活上的摩擦。聂耳还挺愿意去严家串门的，"上折西家"在日记里多次出现。"晚饭后，上折西家里坐了好半天，把他们游南洋时所拍照片都看完了。"②我把这条内容转给严折西的幼子严半之，他说："聂耳看过的这些照片全部毁于'文革'。"

1932年1月28日午夜，日军分三路突袭上海闸北。聂耳在2月1日的日记写道："折西的家住在闸北，事变后逃到乡下，躲在田里，三天三夜没吃一粒饭。今天他找到一家当铺的后门进，弄得十块钱，才把他们救出来。"③受战事影响，两个月后联华影业公司决定裁撤歌舞班。严折西失业了，黎锦晖作为明月社的家长，原本就不擅商业运营，社员们开会自救，为了吃饭，决定重走巡演卖艺的老路。可是时代变了，明月社作为歌

---

① 《东方日报》，1944年11月27日，第3版。
② 《聂耳日记》，北京联合出版公司2021年版，第147页。
③ 同上，第207页。

舞团的先驱已经竞争不过它的模仿者，消极的情绪笼罩着聂耳的日记。5月19日的日记写道："今天表演两场，松闲得多……晚上这场的人还不少，但票总卖得少……'明月'前途，着实悲观！"①5月27日更惨："连演三场，屁股都坐得怪痛。每场的人少得可怜，但奏起乐来倒也清静。"②5月28日痛定思痛："报纸上也大骂起'明月'，所批评的缺点都不能给我们有半点反驳的余地。根本自己的节目不行，表演、排练不熟……"③处境如斯，先前反对妻子上银幕的严折西妥协了，允许薛玲仙另谋出路。同年5月27日的《电影时报》刊发了一张剧照，图说写道："歌舞明星薛玲仙之处女作《粉红色的梦》联华新片交际家客室。"严折西的长女严小玲也参演了。薛玲仙此时的状态并不好，严个凡的友人在同年9月27日的《电影时报》留下了这段记载："当我第二次到上海，去访个凡的时候，薛玲仙已经是把她处女的黄金年代给摧毁了；于是渐渐的也肥壮起来。据说在先前，薛玲仙是不得她的爱人的准许，投身入电影界的，然而现在却在联华里，被人注视着。"

联华影业给了薛玲仙两次主演机会，随后的《南海美人》严折西似乎有沾光，化名颜禧，为妻子写了也许是电影插曲的同名歌。在严折西现存的时代曲创作里，《南海美人》是最早

---

① 《聂耳日记》，第251页。
② 同上，第254页。
③ 同上，第255页。

的一首，依据旧百代档案，这首歌分成两段，词曲颜禧，灌录于1933年。唱片A面起首能听到报名："百代公司特请薛玲仙女士唱《南海美人》。"B面是："薛玲仙女士，严华先生，合唱《南海美人》二段。"这种报名文化的缘起，画家丁悚在其专栏中这样写道："留声机唱片片首之报名，创自从前的百代公司，因以往各公司所灌唱片，皆无此例也，故当时市上有许多假冒名伶的唱片；尤其是最早的'物克多'、谭鑫培等片子，竟全没有一张是真的，百代欲表示其真崭实货起见，遂首创片前报名唱者艺名……"①

薛玲仙是丁悚的义女，她亡故后，丁悚写的悼念文章里有这么一句："可惜个儿不高，国语尚欠纯熟，这是她一生吃亏处，否则无论舞台上电影里总有她的地位！"②薛玲仙闯荡影坛不顺，严折西压力倍增。彼时的他，尚未在唱片业建立声誉，靠绘画养家。1933年秋，他妇唱夫随，南下讨生活。同年11月8日的《电声日报》记载："陈美英等不知怎样地拉拢了影界人物组织了个'银花歌舞团'到厦门、泉州表演，薛玲仙严折西及他们的小孩也同来，薛每场只登台两次，皆任清唱，严即任乐师……"这是发自泉州的报道，扣除往返时间，推算严折西离沪应该发生在10月。这与1936年4月8日香港《华字日

---

① 《东方日报》，1944年12月23日，第3版。
② 《永安月刊》，1942年第37期，第54页。

报》刊发的薛玲仙专访文章一致："偏偏薛玲仙于一九三三年十月率领银花歌舞团赴南洋群岛表演后……"夫妻俩只为银花团服务了几个月。"玲仙与同团团员张示娟意见相左,同时广州有余耀常者组织大联影业公司,拟开拍《时代的姑娘》一片,请折西导演,玲仙任主角,三方言定,余某即交定洋。银花团离港,玲仙遂与脱离,今年三月,赴台山拍片,居一月,结果余因家庭发生变故,片未成而公司随之幻灭。余乃亲自送玲仙返港,并以现金百元为寿。自后夫妇二人乃告失业,而无时不在贫困寒酸中度其艰难之岁月也,虽偶有亲友资助,但亦不能久持也。"[①]而之前的11月24日,严折西给丁悚写了一封宽心的长信,刊发在11月30日的《电影时报》,辟谣薛玲仙死于难产的假新闻。"玲仙已有信到。她已不十分平安地到了厦门……我去信要她写封亲笔信去《电声》发表,不然准要信以为真了呢。"《电声》当时有驻港记者,与严折西有私交,写他的报道比较可靠,对薛玲仙去厦门是这样解释的："为挪筹款项,拟将栈租结清,迁屋居住,过冬之后,再来上海,折西及其女小冬仍居大东旅店七十一号,待其归来……"[②]

此时的严、薛二人,对未来的规划有不少分歧,包括后来的回沪,也是各自为营。唐大郎在1936年3月23日的《铁

[①]《电声》,1934年12月7日第47期,第3页。
[②] 同上。

报》撰文《宴玲小记》，印证了这点："去年岁暮，玲仙之夫严折西来沪，知玲仙亦不久将归，丁先生夫妇大悦！常语人曰：'我望玲仙之来，如望岁也。'今玲仙果归矣！丁先生乃设宴为其娇女接风，邀至友陪座，有老金人美夫妇，玲仙夫妇，黎七爷与白虹，刘琼严斐夫妇，以及明健诸人，愚与之方灵犀并至……"唐大郎笔下的"去年岁暮"，估计是农历，因为1936年2月20日的《社会日报》、2月23日的《铁报》皆有严折西刚回上海的报道，前文的标题是《悲乎——严折西！悄然独归》，后文提到严折西丢失了一束画稿："有一天他挟着十几张画稿乘轮摆渡去，可是一登岸画稿全忘掉在船舱里……这一些画稿的失落至少得忙上半个月或者二十天。这是他最近回上海后，偶然谈起的……"

薛玲仙三月回沪正赶上明月社重组办歌舞大会。"前天我已答复黎锦晖先生，因为我现在正忙着为百代灌唱几张唱片，没有参加他们的排练，不预备参加了。"[①]严折西为妻子写了一首《深山女侠》。隔年，他迎来了时代曲创作的第一次发力，为香港合众影业拍摄的电影《时代先锋》的三首插曲《千里吻伊人》《团结起来》《音乐的权威》（录音存世，未被《"严氏三杰"歌谱集》收录）谱曲。"《千里吻伊人》的曲子作好后，唐纳填了词，由蔡绍序演唱后很是流行，歌曲稿费却给唐纳拿

---

① 《华字日报》，1936年4月8日，第15版。

去，与蓝苹参加集团婚礼花了，地点是马思南路。"①更糟糕的是日本侵华战争的全面爆发。薛玲仙后来在《我为什么要做舞女》一文中坦露："当'八一三'之后，一切'经济''工作'都告绝望，就这样坐吃了，我又没有'山'，当然，'空'跟着来了。逃难到上海来的亲戚，更加重我的负担，这样在穷苦中挣扎着，我觉到朋友亲戚都无力相助，这也许是真的吧。我也曾想到将来的出路，会有影响吧。当我决定了去做舞女之后，但是几个孩子能饿着肚子等我的将来吗？"②薛的这声诘问，不知严折西当年是何感受？彼时的媒体对他很宽容："画稿与歌谱换不到生活，一个艺术家，尤其是像折西那样腼觍的人，怎样会去向市侩群中争生存呢！不得已，薛玲仙奋勇地负起这个责任，她投到舞女群中……舞女与舞客之间，免不了有一番'应酬'，可是，在一个艺术家的心地中，见到他的妻子的'应酬'，内心受到极度烦闷的难堪，因此，夫妇之间不免时常争吵。"③同年8月23日，《新闻报》登出启事："薛玲仙严折西脱离同居关系启事：兹因意见不合，双方同意于登报日起实行脱离同居关系，以后双方行动绝对自由。此启。"分手后，"严折西扶养男的小平，及女的小香与小环，薛玲仙领去三个女儿小玲、小冬及去年十一月生产的小牛……折西自玲仙走后，精神

---

① 《上海市文史研究馆馆员传略（四）》，1993年，第190页。
② 《电星》，1938年5月7日第13期，第9页。
③ 《香海画报》，1938年12月7日，第1版。

上虽然受到刺激……现在他在埋头苦干之下，去完成'爱'的义务"[1]。

于是，严折西写出了描摹舞厅生态的《火山小景》(录音存世，未被《"严氏三杰"歌谱集》收录)，赵美珍灌唱了这首被后世严重怠慢的杰作，该唱片1939年由百代公司发行，环顾时代曲的整个历史也是绝品一张。时代曲虽然在20世纪30年代中后期迎来了爵士乐的热情拥抱，但在编曲上并不突出打击乐，《火山小景》是一个鬼魅的例外，其鲜明的打击乐仿佛出自一群妖怪之手。这与舞厅乐师被称为"洋琴鬼"的黑话倒是熨帖，而"火山"当年也是业界的一句切口，"上火山"意指良家女子去做舞女。歌词部分，第一段写舞女："爵士歌好长，味儿难谐，咖啡好喝情难排，香槟好开台难坐，豆腐好吃口难开；蓬仄蓬仄音乐响，捧场多，(Sweet Heart)甜心，就把那媚眼做，唱罢了新歌户头多。"第二段写舞客："火山上暖洋洋，小伙子打扮进舞场，手舞脚跳吉括吉括响，眼观那两边俏舞娘，俏舞娘来呀俏舞娘，唱一支爵士歌多响亮，顺风的人情趁早送，马克马克口袋一夜光。"讽刺而心酸，乃至自嘲(前妻正在"火山"上煎熬)。

舞女靠青春吃饭，女明星下海的光环之下，是六个孩子的母亲薛玲仙，等到新鲜劲头退去，舞客必然调方向，于是，她

---

[1]《香海画报》，1938年12月7日，第1版。

沦为行话讲的"汤团舞女"——业绩吃零汤团。1940年12月3日《社会日报》上，唐大郎的专栏记录了薛玲仙的贫困："传薛玲仙将流转沟壑，此人真命薄可怜也。严折西不能蔽其妻女饥寒，诚无以逃世人公谴，二人育子女甚繁，贫既甚，玲仙辄携女称贷于相识者之门，女皆萎瘦呈菜色，望之已令人悲悯……"

薛玲仙到处借钱。"朋友的朋友，也有份儿俟着，所以，凡是认得她的人，一旦碰到了，没有不远而避之的。"①1941年9月8日，《新闻报》登出一则骇人的公告："严折西夫君鉴：你抛我子女六人不别出走，客寓数天未付，度日如年，不能久居。故特登报通知，望于三日内火速归家，否则即将小冬、小香、阿五头三女出姓投生。三日后，悔之莫及。实出无奈，特此敬告。妻薛玲仙泪言。"一个妻字，证明媒体在1939年热议的严、薛复合并非虚言。薛玲仙在这则敬告里含蓄地控诉严折西不养家，以卖掉三个女儿要挟他尽快挑起责任。那么，严折西究竟在逃避什么？听唐大郎怎么说："顾有人告予，谓玲仙穷困至此，则日至其所识处称贷，得钱而少，尽负毒粮，置儿女之饥寒于不顾，有时得钱稍多，则买毒粮外，兼市水果，归而大啖，其子女号饥，则从市楼呼面食饲之，不与饭食也。"②这段文字足以击碎薛玲仙的母亲形象，实则，由于烟霞癖，她此

---

① 《上海影讯》，1942年第7期，第3页。
② 《东方日报》，1942年1月17日第2版。

时已无形象可言。"薛玲仙又叩吾家之门，愚勿在。家人谓其头发尽脱，而玩一光颅，所存者，惟耳际有飘拂几茎耳，想为恶疮所蚀。被一蓝布衫，瑟缩于雨雪中，告我家人，谓其子女三五人，咸伏于大世界街前，自昨日至今日，各人仅得一烧饼充饥，若不得食，则饥死便在目前，请家人念玲仙与唐君旧日交情，稍为周济，所求但须群雏得一碗面吃足矣。"唐大郎为1942年2月8日的《社会日报》写下的这段文字，或许是薛玲仙生前的最后一幅文学肖像，此后则是她的死讯："在废历去年的小除夕，不自振拔潦倒而死的薛玲仙……"①

如丁悚所言，他的义女殁于1942年2月13日。随后的3月19日，《申报》记载："薛玲仙的未亡夫严折西近在国泰舞厅任乐师，这乐队的主办人是李栋樑，领导是严个凡。"严折西参与的知音大乐队，在国泰舞厅首演的广告早先刊于2月8日的《申报》。史料未能记下严折西在这特殊时期的心理。晚年他写自传，仅用含糊的一笔带过这段悲剧："可叹事业正盛竟染病辞世。"②无论是当歌舞明星、电影演员，抑或舞女，薛玲仙都是出道即巅峰，一路走下坡，严折西所谓的"事业正盛"，更适用他自己。

或许是巧合，薛玲仙死后，严折西在时代曲的疆域达成了现象级的开采，渐成一方诸侯。而且他开始大量创作苦情歌，

---

① 《永安月刊》，1942年第37期，第54页。
② 《上海市文史研究馆馆员传略（四）》，1993年，第190页。

用一种直白、世俗的口吻去倾吐内心的抑郁。有些名作，若非严折西的友人勤写小报专栏，我们很难一窥幕后。譬如由姚莉演唱的《默默无言》，借翁飞鹏之笔，可知严折西"一度曾热烈追求女歌手谷莺不遂，乃作《默默无言》一曲以为纪念"[①]。严折西还与谷莺萌发师徒之情："谷莺有今日的成就，全是严折西一手培植，却不料她竟会和旁人结婚，气得这位'老师'万念俱灰……"[②]他们的交集可以追踪到1942年初春的国泰舞厅。"谷莺在上海时，与严工上的儿子哲西，来去甚密，国泰舞厅这一段红色恋情也许都难泯忘……"[③]

除了谷莺，严折西被嘲吃嫩草的对象还有舞女李珍。"最近，谷莺已嫁，严便极力追逐舞人巧克力李珍。"[④]严折西在二婚前与几位女性传出桃色新闻，这两个名字曾是他在报刊上的影子。站在影子里的那个男人是悲伤的，不过他很善于转化这种负面的情绪，用来灌溉创作。"许我向你看，向你看，多看一眼，我苦守着一个共同的信念，今天才回到我的面前。许我向你看，向你看，多看一眼，我度过了多少寂寞的春天，今天才伴在我的身边。"不知他在写下《许我向你看》的时候，渴求一看的佳人是谁？依据旧百代档案，周璇于1947年4月26

---

① 《罗宾汉》，1947年2月12日，第3版。
② 《星光》，1946年新24期，第5页。
③ 《海涛》，1946年第4期，第5页。
④ 《海潮周报》，1947年第65期，第5页。

日灌录了这首杰作，而4月2日的《戏报》还在报道："巧克力李珍近来每日下午荣座时间必到南华碧罗厅吃点心……之所以日日来此地者，纯系捧小胡子的场，两人往返甚密，互矢爱好者也，是以李珍的白天来吃茶，晚上来吃夜饭，严折西则十时音乐完毕便到仙乐斯捧场如仪。"严折西此时在百代灌音部有一份领薪水的正职，还有大量的歌曲稿费与版税可拿，即便如此，他仍需在南华碧罗厅当洋琴鬼扒分，可见养家不易，续弦费钱。同年5月29日的《诚报》披露他已被李珍婉拒，文末简直戳心戳肺："李珍岂会正式嫁给严折西，不过是吃吃豆腐而已，严则当是真的矣。"及时止损的严折西，转而牵手童星出道的电影演员杨碧君，这段恋情长势惊人，被媒体撞破时瓜已近熟："小毛头与严折西，谈情说爱有一个月，双方都认为心满意足……目前已更进一步作婚嫁谈判……"①

《"严氏三杰"歌谱集》出版后，两位编者严佐之、严半之在杨浦区图书馆办了一个推广讲座，谈到也许是歌迷最熟悉的严折西作品《如果没有你》时，严、杨的幼子严半之说："这首歌是我父亲写给我母亲的。"查看旧百代档案，《如果没有你》录制于1948年3月11日，半年后的9月18日，《申报》登出了严、杨的结婚启事。重温白光演唱的这首传世杰作："如果没有你，日子怎么过？我的心也碎，我的事也不能做。如果没有

---

① 《罗宾汉》，1947年8月21日，第3版。

严折西《许我向你看》手稿，严宽、庄宏皆为其笔名（严半之供图）

你，日子怎么过？反正肠已断，就只能去闯祸。"属于严折西巅峰期的代表作，口语直叩心灵的歌词，更接近后来的港台流行歌曲。

在旧上海，严折西发表的最后一批时代曲中有一首《萍水相逢》是吴莺音于1949年2月灌唱的。依据旧百代档案，这恰好是百代公司停产的时间，为此歌曲虽然录了，却不见唱片问世，而是要等到百代南迁香港之后，于1951年补出。严折西写这首歌的时候，内心应该是乐观的："我们相逢在洪流里，好像浮萍相聚无几，朝夕共欢笑同游戏，但经不住那风浪冲击，如今被摒弃各东西，总有一天风波不起，记住这仅是暂别离，相逢还在洪流里。"原以为的暂别离，结果持续了30多年。从上海解放，到改革开放之后港台流行歌曲逆袭，严折西与时代曲一道退场，他的后半生，斩断了与音乐的九重过往，就连前半生的那些荣耀，他也不敢让子女知晓。严半之说，我从来不晓得父亲以前写过歌，直到1986年跟他看电视剧，因为是旧社会题材，里面出现了姚莉演唱的《重逢》，他听了以后，对我说，这首歌是我写的。"人生何处不相逢，相逢犹如在梦中，年年为你呀留下春的诗，偏偏今宵皆成空。人生何处不相逢，相逢犹如在梦中，你在另个梦中把我忘记，偏偏今宵又相逢。"在另一个梦中，严折西的确被遗忘了。即便是对复兴时代曲有突出贡献的黄奇智先生，1993年，他为第17届香港国际电影节的场刊撰文《时代歌曲二三事》，写严折西也只有两句：

"较为被人忽视的有现还在上海的严折西。他写过不少歌曲，有些水准很好，而且也如黎锦光、姚敏一样，可掌握不同的风格。"①

近年来，研究严折西的热度不断攀升，但是，与他的位阶仍不匹配。就创作的产量与质量而言，他和黎锦光、陈歌辛、姚敏同属时代曲作者的第一梯队，是时代曲神殿的四根立柱。《"严氏三杰"歌谱集》的出版，是照亮暗室明珠的一盏灯，但愿这盏灯还能加大功率，因为严折西的部分歌曲，甚至是重要的作品，囿于没有现成的歌谱而未能辑录，而且收录的歌曲缺少原始的唱片信息，譬如首唱者是谁，哪家唱片公司发行，灌录时间与上市时间，等等。这些重要线索在该书中概付阙如，实在遗憾，也给未来的学者、从业者，留了另一个《重逢》的梦。

---

① 《国语片与时代曲：四十至六十年代》，市政局主办2003年版，第15页。

A4. 陈歌辛早期艺术生活

陈歌辛以歌唱家出道，在创作时代曲之前就办过歌唱会，照理说，他可以成为像严华、姚敏那样的唱作人（Singer-Songwriter）。在旧上海，唱作人是非常稀缺的，可陈歌辛没有走这条路，导致今天想要听他的声音就成了奢求。他留下近两百首时代曲，却几乎没有留下自己的录音，现存的老唱片以及旧百代档案没有他在灌唱这方面的署名，除了一个伴唱的孤证。1941年6月24日的《电影新闻》在头版刊出："白虹最近又在百代唱片灌新唱片一张，歌名为《郎是春日风》，除白虹主唱外，音乐家陈歌辛亦担任伴唱。按白虹与陈歌辛合灌唱片，《郎是春日风》尚属第一次云。"鉴于这首歌在旧百代档案中记载的灌录时间是1941年6月18日，陈歌辛伴唱之说应该属实。此外涉及陈歌辛灌唱的传言都缺乏根据，总的来说，陈歌辛为何不唱了，是憾事，也是未解之谜。

我们熟知的陈歌辛，以及他对中国流行音乐的贡献，主要集中在20世纪40年代，这部分被研究、著述得比较清晰，相较之，他的早期艺术生活就显得很模糊。太平洋战争的爆发是他人生的一个分水岭，这之后，"孤岛"沦陷，他因为长期参与进步文艺活动被日本宪兵抓捕。出狱后他身段变软，仿佛换了一个人，远离太阳暴晒的先锋艺术，融入夜幕下的时代曲洪流。

他不是一个立场坚定之人，很难说清楚，他曾经的进步与舞蹈家吴晓邦有多大关系。吴晓邦后来投奔延安，离开上海之前，他与陈歌辛在"孤岛"合作了许多项目，包含音乐剧、电影、舞蹈，还搞演剧队，办艺校。这对黄金搭档拆伙之前，陈歌辛写过一首提气凝力的艺术歌曲，叫《渡过这冷的冬天》。那时候陈歌辛尚未彻底退居幕后，1939年1月1日出版的《音乐世界》刊有刘行洁的《听春天》一文，其中写道："当我两次听到陈歌辛先生唱他的自作曲'渡过这冷的冬天'的时候，听众中涌起了强烈的掌声；这掌声也许为陈先生歌唱的技巧，也许为曲的旋律，但主要的却在歌的内容。对于'春'的恳切的等待，期望，使他们不得不鼓掌，因为每个听众都是'人'，都是过着'冬天'的'人'。"

这首歌也是陈歌辛的早期艺术生活的写照，他在等待，他达观而浪漫，那时的他习惯不受裹胁地自由表态。

1

陈歌辛是艺名,他的出道要从日本入侵东北那年讲起。

1931年9月19日,《申报》刊发的《今日游艺节目》中出现了陈歌辛的名字,这是目前可考的涉及陈歌辛的最早文献。这天凑巧是他的十七周岁生日,这位积极参与社会活动的女校教师为"国语宣传会"唱颂歌。9月27日《申报》,陈歌辛又为主旋律挂名,献艺"中华市政协进会音化救国宣传日",在隔天《申报》上,"上海女子中学音乐教授陈歌辛'男声独唱'"与另几则节目得了"尤为出色"的评语。9月30日,《申报》刊文《感时悲歌之音化救国宣传会》,夸赞陈歌辛:"嗓子特佳。是晚独唱《闻卿呼我》《我的妈妈》,哀感动人。吭声有三日绕梁之慨。"陈歌辛还出现在同日《申报》的一则演出广告上,依旧是"男声独唱"。

不足一月,陈歌辛有迹可循地唱了三场,他在当时的上海滩算是立起了青年歌唱家的招牌。同年11月30日出版的《上海画报》甚至排印他的照片,配的图说是:"歌唱家陈歌辛有铁嗓之誉现授课上海女中。"回望陈歌辛参与的这些活动,他很可能是主动请缨,这在1983年9月7日作家水晶(杨沂)访问时代曲大作家陈蝶衣的对谈中可以找到旁证。谈及陈歌辛，蝶老自许："这个人根本是我发掘的。"随后展开道："是我在上海办一个叫《明星报》的时候认识的，时间是民国二十二年，也就是一九三三年，因为报名明星，想仿照美国，选一次电影皇后。那么胡蝶就当选了，是中国有史以来第一位电影皇后，那是我主办的。揭晓的时候也很慎重，招待记者，当场开票，也有律师证明，那么，就举行了一个游艺大会，也就是所谓加冕典礼啦，在一个叫大沪舞厅的地方举行，名字叫航空救国游艺大会，收一点点门票，钱就献给政府买飞机航空救国。有一个青年自动要来参加这个节目，就是陈歌辛，他刚从意大利学过声乐回来，还没有进百代公司，也没有开始作曲。他会唱意大利Opera味道的歌，当时唱了一支，当然有人喊Encore，我才知道有陈歌辛这个人，但是并没有订交，因为他来参加，自然有人来招待他，后来他加入百代公司，这才有了合作。"[1]

蝶老的这段回忆部分属实。《明星报》全名《明星日报》；1932年12月29日《申报》记载："陈蝶衣主编之《明星日报》，创刊号定元旦出版。"1933年2月27日，《申报》登出"《明星日报》主办电影皇后选举大会启事"，公告选举即将截止。同年3月25日，《申报》刊发"航空救国游艺茶舞大会"广告：地点大沪舞厅，入场券两元，券资所得捐给航空救国，陈歌辛

---

[1] 《流行歌曲沧桑记》，大地出版社1985年版，第143页。

在节目单上的头衔是"中国声乐专家"。不过陈歌辛从未在意大利学过声乐，是蝶老记错，还是坊间虚报，此事无法稽考；至于说陈歌辛是他发掘的，不如说是他给了对方一个更大的社交舞台。起码被唐大郎看见了，旧上海的小报状元在他的专栏里写道："陈歌辛君，即号称中国之声乐专家者是，登台唱意大利歌，连唱二次，听者头痛。及既竟，有人忽叫再来一个，陈君居然再来一个。有人又说，勿要唱哉，陈君果然又勿唱哉。或谓陈君真胃口好，酒量宏者也。"①

另外，蝶老在1944年6月18日《社会日报》也写过一些关于陈歌辛的文字："予与歌辛识面綦早，胡蝶膺电影皇后之选，举行加冕典礼于大沪舞厅时，歌辛亦莅会唱西洋歌曲。是日之游艺会，即下走所主办也。歌辛出名刺授予，其上印'陈歌幸'三字，初以为有讹，歌辛曰无误。叩其易名之故，则谓将错就错而已。其实幸字良佳，歌而有幸，自是吉朕；辛字则于辛苦之外，别无良好诠释矣。"印刷所把陈歌辛的名片印错了②，比起"歌辛"，蝶老更欣赏"歌幸"的吉朕。这篇专栏文章的标题"陈昌寿"出自陈歌辛的本名，蝶老写道："于万象厅座上晤陈歌辛，始知流行于今日之《我要你》一曲，以及《不变的心》《可爱的早晨》《桃李争春》诸谱，皆出歌辛手笔，惟

---

① 《东方日报》，1933年3月30日，第1版。
② 《流行歌曲沧桑记》，第145页。

易名为陈昌寿,遂使人不知即歌辛矣。"

陈昌寿署名的作品还有《爱的歌》,发表在1943年第5期《新影坛》杂志上的歌谱印有"《自由魂》插曲"的文字,误导了不少陈歌辛的研究者。其实旧上海拍过两部叫《自由魂》的电影,1931年王次龙导演的是一出"反清"悲剧,是默片;1943年王引导演的是一段舞女的风月孽债。陈昌寿作词的《爱的歌》满嘴鸳鸯蝴蝶,却被后人前置进了"反清"默片,试图将陈歌辛塑造成十七岁即为电影配乐的天才作曲家。

或许,他是天才,但在1931年尚未开花结果。仿佛水中望月,当时的陈歌辛根本看不清自己。1932年,他在文艺道路上四处播种。他有当作家的苗头,在新创的青年周刊《星期评论》开了"音乐教育谈话"的连载,之后写小说。身为女校教师,他的大尺度谈话备受争议。第二篇连载的标题为《性的挑拨及其音乐》,内文写道:"第一次的谈话,是最简单不过的了,却因为提起了'生殖器',在'声乐协社'成立会中引起了'智识阶级'们多么深的恶感或怪感;本文的材料本在一个招待'各界'的茶话会中讲过的,事后只有一位学者向我低声:'在我们年青的时候从没有像你这青年那样开口讲过性交……'"[1]声乐协社成立于1932年夏天,"为黄警顽、缪治捷、周椒青、陈歌辛等集合诸音乐家所组织,专以研究声乐,发扬

---

[1] 《星期评论》,1932年第1卷第24期。

艺术为宗旨"[①]。陈歌辛是"声协"的研究部主任,参考9月8日的《时事新报》,这还是一个校外培训机构:"即将开音乐讲习班,分高初二级教授云。"

同时期,陈歌辛参与的类似机构还有"人本剧团",也担任教授,招生广告刊登在9月12日的《电影时报》。他当时的教学压力想必不小,在女校有一份固定工作,外加两份兼职,课余还写微型小说。《仇货》发表在1932年第1卷第37期《星期评论》,陈歌辛虚构了一对邻国,阿答麦司被徐沙利亚侵略,阿答麦司的国民费杜灵病了三个月,醒来后发现国人罔顾法令,跑到徐沙利亚人开的商店购物,恼怒的费杜灵夺走货物,往大街上一扔,却被本国的警察抓捕,因为那条法令在他卧病期间已经作废。这明显是在影射中日时局,作者的态度暧昧不明,正如他后来留给世人的印象,正反都有迹可循。

陈歌辛此时还动了凡心。上海女子中学有一位叫金娇丽的明星学员,比他小三岁,国语演讲竞赛拿过第二名,校庆时还上台表演节目。这段师生情日后引发了一些不良舆论,1934年2月15日的《时代日报》甚至刊文《回女金娇丽之私奔》谴责男方:"惟好淫靡之词,毛毛雨,催眠曲,不离口腔,人多非议之……"这可以算一条旁证,说明陈歌辛当时对《毛毛雨》之类的时代曲并不排斥。

[①]《申报》,1932年7月26日,第15版。

2

陈歌辛接触演艺界早在1932年岁末。当时上海出现了两大"绿洲":"一个是'绿洲电影艺术函授学校',另一个就是'绿洲歌舞剧社',这两个'绿洲',都是陈大悲主持的……"①陈歌辛应该是"绿洲"的早期社员,《影戏生活》另载:"发起人是王乃鼎、仰天乐、王春元、陈一棠、顾文宗等,推举陈大悲任社长,徐公美为顾问,陈歌辛指导歌唱及作曲,音乐由某西人乐队担任……"这也是目前涉及陈歌辛作曲的最早记录。演员凌萝后来为《华北日报》写了一段时间的"自述",发表于1934年11月20日的那篇也有类似的一记回响:"不久听说上海陈大悲、王乃鼎,办了'绿洲歌剧社'。当时顾文宗和歌唱家陈歌辛又约我去玩,本来我已经很厌烦那种机械的生活了,就毅然加入了'绿洲'……"

此时的陈歌辛已流露出一定的进步倾向。1933年2月初,他加入了脱化自综合性刊物《红叶》的文学组织青鸟社。同年4月20日出版的《新垒》杂志记录了"红""青"之变:"《红

---

① 《影戏生活》,1933年1月19日,第1版。

叶周刊》，居然在最近以'毁谤政府，宣传赤化'之罪名被封了。惟该社主持人对此颇示不满，拟于最近组织一'青鸟社'，以继续以前'红叶社'之生命云。"2月11日出版的《红叶周刊》有青鸟社亮相的速写："是在二月五日上午九时，兆丰公园对面义利茶室中……到会人数三十六人……签名参加三〇人。"这份参加人员的名单里不仅有陈歌辛，还出现了他未来的妻子金娇丽。3月31日《申报》刊发"青鸟社附设艺术动员训练班"的广告，陈歌辛的抬头是"歌唱主任"。

1933年6月11、14日，陈歌辛参加了协助正宜中学筹款的"世界艺术诗歌音乐会"，以男中音独唱法国近代名曲[①]。他演唱外文艺术歌曲的功力在隔年的一次电台表演中有更华丽的展示："青年歌士陈歌辛定于明日下午二时在李树德堂（周波九四〇）（歌唱）名曲，节目如下：第一部，舒贝尔脱［今译舒伯特］歌曲一首，甲·谁是雪尔维（英文）乙·良夜幽情曲（德文）丙·野玫瑰（德文）；第二部，意大利歌曲二首，戊·我底爱人，己·妇人心……"[②]英法德意，这位歌唱家好像会四国语言。他的作曲才华也开始展露。3月11日《时报》刊发了陈歌辛的原创歌谱《小品》，歌词出自杜牧七绝诗《泊秦淮》，民国文献里，陈歌辛的作曲生涯始于这首艺术歌曲。

---

① 《申报》，1933年6月11日，第16版。
② 《时报》，1934年2月10日，第6版。

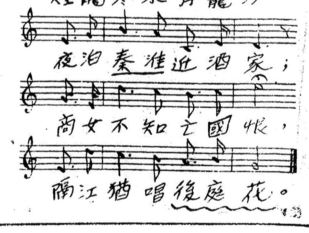

陈歌辛最早的一批歌曲创作湮没于旧报刊,此为一例,原载《时报》1934年3月11日第4版

随后，4月22日《时报》记载："华东今晚播送《奴隶谣》（陈歌辛作曲）：奴隶奴隶低着头，闷声不响地只管承受，若等铁链自己断，皮肉早发臭，发臭……"歌词另有两段变奏，应该是受《国际歌》的启发。"华东"即宁波路的华东公司播音台。

他还有好消息。1934年5月11日《时报》登出他与金娇丽的订婚启事。同年9月他在八仙桥青年会办了歌乐会，9月10日的《申报》有预告："复旦大学音乐教授陈歌辛君，为沪上著名歌乐专家，去岁在沪演奏，颇为各界所赞赏，近悉陈君已定于本月十五晚八时，假八仙桥青年会举行一九三四歌乐会，并联合韩国名歌乐家张庆璋君参加演奏，并请捷克钢琴专家Jan Erme伴奏，其节目均为德意各国名曲……"他的身边似乎永远不缺外籍的音乐同志；他的工作似乎也起了风波，从上海女子中学高升复旦大学，不排除这次变化是订婚的代价之一。

起码有四家报社关注了陈歌辛的歌乐会，9月14日《时事新报》最重视，提及演出的特殊之处："在中国歌坛上作一次大胆的尝试，就是将各国歌剧中的歌词译作中文的字句。"部分歌词系陈歌辛原创："还有陈君自作的《草儿在前》《树之村》等。"

他经常去八仙桥青年会。1935年1月12日的夜晚是为大众口琴会的全沪个人锦标赛担任评委。1月14日《时事新报》刊登有赛事的长文回顾。李厚襄是当晚参赛的五佳选手之一，日后贵为时代曲大作家的陈、李二人，此时一个在台上吹口琴，一个在台下当评委，均未涉足时代曲创作。

陈歌辛20世纪30年代留影,原载《复旦三十年》
(1935年版)

同年2月，陈歌辛受聘上海剧院。2月20日《申报》公告："市教育局局长潘公展氏及话剧界名人徐半梅、陈大悲等所发起之上海剧院，闻已组织就绪，该院设有训练所，六个月毕业……该所自即日起登报招生……特组织考试委员会，聘请宋春舫、徐半梅、陈歌辛等为委员。"吴晓邦也是委员，2月27日《申报》报道《上海剧院明日举行考试》，受聘导师有他的名字。吴晓邦与陈歌辛此前并不认识，他在自传《我的舞蹈艺术生涯》中有这样一笔："一九三五年春，我在颖村租了一所房子，想长期在上海办'晓邦舞蹈研究所'……在颖村居住时，我与画家叶浅予、梁白波，音乐家丁善德、陈又新、陈歌辛，戏剧家欧阳予倩等著名人士相识。"①梁白波是叶浅予的时任女友，这对画家情侣蜗居颖村八号（吴晓邦的回忆是十号）的三楼亭子间，吴晓邦住二楼，陈又新住二楼的亭子间，丁善德住三楼，这些房客信息列在《丁善德音乐年谱长编》②中，唯独不见陈歌辛的名字，想必他与吴晓邦的相识还是源自上海剧院的同事关系。3月14日《申报》透露了他们在上海剧院乐剧训练所的分工："乐剧概论（陈歌辛）……跳舞（吴晓邦）……"

吴晓邦在日本学习古典舞蹈，同时接触到西方的现代舞思潮，他在《中国的舞蹈及其展望》一文中写道："没有音乐感触

---

① 《我的舞蹈艺术生涯》，中国戏剧出版社1982年版，第15页。
② 《丁善德音乐年谱长编》，戴鹏海著，中央音乐学院学报社1993年版，第37页。

吴晓邦《诗人哈游》之舞姿（万氏摄影，原载1935年《时代》杂志）

的时候就舞不起来，舞是被音乐节奏所支配的；绝对离不开音乐，而且它担任了解识音乐的义务，在近世所谓舞与乐是两者互为联系的。"①换言之，吴晓邦需要陈歌辛的音乐，也用舞蹈解释他的音乐。

《摩登夫人》是陈歌辛配乐的第一部大制作。这出五幕悲剧也是上海剧院孵化的第一个作品，从当时报刊的演出广告来看，吴晓邦缺席，陈歌辛敬陪末座。《摩登夫人》1935年6月20日在金城大戏院首演，当天的《申报》广告还预告了上海剧院不日公演的四部乐剧，《西施》占据首位。《西施》几乎是与乐剧训练所一起成长的，吴晓邦在自传中写道："我每周去授课三次，并为《西施》这个剧排练'浣纱舞'，宫廷的'剑舞'，西施和范蠡的'双人舞'。有时我整天都要到排演场去。这个剧是陈大悲编剧，顾文宗导演，陈歌辛作曲和指挥，我是舞蹈设计。陈歌辛与我的深交也是由此开始的。"②同样地，中国音乐剧的历史、陈歌辛作曲的歌灌录唱片，也始于《西施》。

9月26日《申报》刊出《西施》广告："今天起日夜公演卡尔登影戏院……"之前，陈歌辛与吴晓邦另有一次合作。9月2日《申报》预告他们"将于月之七日假座静安寺路五七七号美国妇女总会演奏《歌踊之夜》，据陈君言此次公演均为'古

---

① 《时事新报》，1935年3月8日，第10版。
② 《我的舞蹈艺术生涯》，第16页。

典音乐'……"看《民报》《时事新报》的事后评论,这的确是非常欧化的一次联合表演。对于陈歌辛的歌唱以及作曲,当时沪上的艺文界、媒体圈以肯定为主,《西施》还得到了这样的赞誉:"他们开拓了一切艺术部门,中国古典音乐和西洋乐器,京戏的台步道白,加上文明戏的手法,歌剧和话剧,悲壮的历史题材,配以闹剧的演出;这一切成为西施的特色,我们不禁惊异短短的三小时,给我看到的是太多了。"①

程静子在剧中饰演西施,她为百代公司灌录了《西施》的原声唱片。参考旧百代档案,这张唱片发行于1935年10月1日,录音时间不详,在《浣纱歌》的片头能听到报名:"百代公司特请上海剧院乐剧《西施》主角程静子女士唱《浣纱歌》跟《教我如何能忘你》。"陈歌辛是这两首歌的曲作者。

陈歌辛的家属同样重视《西施》。在杨涌先生收藏的一组陈氏遗物中,金娇丽为纪念丈夫去世三十周年写的缅怀文章中有这么一句:"他才华出众,青年时代即写了中国第一个歌剧《西施》……"子女为亡父编写小传,在大同小异的抄本里,《西施》都被视为父亲创作生涯一个壮美的起点。陈歌辛创作《西施》之时是真的年轻,刚满廿一岁。那一年,聂耳的去世对于上海艺坛而言是一个巨大的伤痛。陈歌辛参加了聂耳的葬礼,因为几句不适当的话,8月中下旬,《民报》《社会日报》

---

① 《民报》,1935年9月28日,第12版。

《世界晨报》相继发表了批评他的言论，在1936年之前的陈歌辛文献中，除了师生恋，这样的负面形象是极罕见的。

3

《西施》带给陈歌辛的回忆是复杂的。1935年年底，起码有两家报纸登了他被剧组欠薪的新闻，12月22日《申报》写道："据陈歌辛语人：为了《西施》，他除了精神上的损失不算，陈大悲还欠他四百余元云。"此时的吴晓邦远在日本，带着《西施》的主演之一、乐剧训练所的女学生洪瑛①，这段师生恋与剧院内屡见不鲜的桃色事件被1936年1月1日出版的《娱乐》双周刊估测为上海剧院突然解散的原因之一。

上海剧院全靠教育局养活，一地鸡毛的情感纠葛让公家难堪。不清楚陈歌辛讨薪的结果，他和陈大悲的恩怨还没完，2月17日《时事新报》有载："在《巧格力姑娘》中'天哪'一声'便即倒下'的女人，据陈歌辛语人，并非是陈大悲太太，是他的并未举行过结婚手续的'姨'太太。"

分手的季节，陈歌辛有感而发，以诗人徐志摩题献日本女

---

① 《电声》，1937年第6卷第24期。

乐剧《西施》四大主创（原载1935年《新人周刊》）

郎的《沙扬娜拉》为词，写了新歌《Sayaunara》，发表在1936年3月刊的《音乐教育》杂志。这是江西省政府出资办的音乐阵地，对时代曲以及爵士音乐并不友好，但是欢迎上海作曲家的部分艺术歌曲，陈歌辛在同年8月刊发表了现代派倾向的探索之作《春花秋月何时了？》，大胆尝试无调性作曲。

他和《西施》导演顾文宗还没有"Sayaunara"，顾文宗的新戏《蝴蝶夫人》请了沈从文的媒婆小姨子张允和来改编剧本，陈歌辛创作音乐。9月19日《申报》登了《蝴蝶夫人》今日公演的广告，双喜临门，那天碰巧是陈歌辛的廿二岁生日。

1936年年底，吴晓邦回沪。陈歌辛的这位挚友身上有一种特殊魅力，不顺心的时候就去日本进修，回来则投身更激烈的抗日文艺工作。12月3日《申报》刊出告示："新兴舞蹈家吴晓邦，为援助绥蒙将士起见，如有救国团体欲演剧筹款，若先期通知，吴君表示决可义务帮助演出……"陈歌辛也很积极。12月6日《时事新报》预告复旦大学的援绥游艺大会："西乐这节目由陈歌辛领导，复旦西乐社，还有夏威夷乐队……"舞蹈比西乐更抽象，媒体对吴晓邦的态度近乎嘲讽，12月19日《铁报》写道："那位带了恋人去日本学舞的吴晓邦是回来了……前晚七时在国际舞学社表演……"除了记者，观众大多是沪上教交际舞的名家，他们不理解吴晓邦的舞蹈，都在笑，"连管理音乐的陈歌辛都在幕旁边忍不住笑着……"吴晓邦在自传里自嘲是"俏眉眼做给瞎子看"①。1937年2月21日《申报》登了他的迁居声明，新住址是上海新邨一四三号。

陈歌辛不久迎来好消息。2月26日《京报》刊发影坛的上海通讯："刘呐鸥在艺华客串编导之《初恋》，主角人选大致已确定为徐苏灵、路明及新人李红。片中有题歌一出，已请诗人戴望舒作诗，陈歌辛作曲。"路明后来被张翠红替换。所谓题歌，即指《初恋女》。参阅1937年7月8日《民报》，陈歌辛在市府成立十周纪念上亲自演唱了这首歌，歌谱收录在1938年9月20日出版的《歌曲精华》第一集，但是迟至1943年才由男歌手黄飞然灌成唱片（百代35593A）。

1937年是陈歌辛成为时代曲作家的前奏。他成功进军影坛，心思愈加活络，写的歌仍旧是艺术味道，还不够"时代"（时髦之意）。方沛霖导演的《三星伴月》有他的贡献："歌舞场面，已由舞蹈专家吴晓邦，谱曲家陈歌辛、刘雪厂三君教练成就……"②5月，他在《南报》发表了几首新诗、几篇仿佛心情日记的短文，题为《B小姐》的一篇有情书的滋味。此时他因为电影《初恋》与女演员李红已经相识，两年后，他展开猛烈追求，1939年9月26日出版的《青青电影》爆料："陈歌辛爱李红之心，时刻在燃烧着，在二三个月之前，还曾写了一封隐

---

① 《我的舞蹈艺术生涯》，第17页。
② 《申报》，1937年4月6日，第19版。

名的情书，发表于××晚报上，那封信虽然没有写明是寄给李红小姐的，可是在发表了后，陈歌辛把报上那篇文章剪了下来，寄给李红……"

卢沟桥事变激发了上海文艺界的抗日热潮，同年8月，陈歌辛参加先锋演剧队："推选左明为正队长，陈歌辛为副队长，吴晓邦为秘书……"[1]他们募款，为上前线劳军演出筹备路费。随后的半年时光，他见报几乎都与爱国义演相关。

1937年11月12日，上海华界沦陷。陈歌辛的艺术生活进入"孤岛"时期，将近半年光景，报刊上罕见他的身影。

1938年7月23日，《大美晚报》《新闻报》都预告了陈歌辛在周日（24日）上午的独唱音乐会："在大光明戏院独唱名曲，计有舒贝尔特之《海》与《烦躁》……"这次演出的主体是美国海军陆战队每周日上午十点的音乐礼拜[2]，严格来说，陈歌辛只是特邀嘉宾。

9月的上海影坛有大事发生。"明星公司为了战事发生以前，大半的演员，上前线的上前线，到后方的到后方，孤岛上竟留得不多几个，并且觉得战后的电影员，必定在一番大革新，现在的演员未必合用，所以下一个决心，便办这明星演艺训练所。"[3]招生启事登在9月16日的《新闻报》，陈歌辛受聘教授声乐。有

---

[1] 《神州日报》，1939年8月10日，第8版。
[2] 《申报》，1940年6月29日，第14版。
[3] 《现世报》，1938年第24期，第6页。

四五百个影迷闻讯报考，复活的明星公司只招三十名，部分录取学员亮相《金城月刊》新生号，被誉为"未来的新星"。

陈歌辛有宏图之志，加盟前"尝与董天涯氏约，凡属明星所用歌曲，必悉归其一手编制，今兹《孟姜女》插曲之制作，自当属诸陈氏无疑，今竟易他人，陈氏心中不无悻悻"①。陈歌辛为电影《孟姜女》的作曲权与严华暗战，是上海滩当时的大新闻。严华乃是周璇夫婿，而周璇系《孟姜女》主演，这部电影虽由明星影片公司摄制，斥资的却是周璇义父柳中浩，这里面的暗亏，陈歌辛只有吃进。好在明星公司另摄制了影片《歌儿救母记》，女一号龚秋霞于10月31日在百代小红楼灌唱了陈歌辛谱写的插曲《春风野草》，参考旧百代档案，这张唱片于1939年1月发行，同期上市的还有电影《桃色新闻》的插曲《花一般的梦》，也是龚秋霞演唱，陈歌辛谱写。这些作品与其说是时代曲，不如说更接近艺术歌曲。他的社会形象也更严肃，是一位声乐教授。

1938年11月，吴晓邦结束十四个月的抗日救亡演剧工作，返回孤岛上海。"不久就接受了中法戏剧专科学校的聘请，担任了该校的舞蹈教授。这个学校是由留在孤岛上的文艺界人士，利用中法联谊会的名义设立的。"②12月，陈歌辛也加入中

---

① 《申报》，1938年11月14日，第12版。
② 《我的舞蹈艺术生涯》，第34页。

法剧艺学校,与吴晓邦续写友情岁月。12月28日《申报》有载:"'中法剧校'第一次公演除了《桃花源》外,还有吴晓邦的歌剧《罂粟花》……"《罂粟花》首演于1939年2月18日(见当日《申报》),三个月后,吴晓邦在《关于罂粟花的演出》一文中写道:"经阿英先生督促,我和歌辛决定了这《罂粟花》的台本……经过两个月的排练才把一点没有舞台经验和不懂舞蹈的剧艺学校同学们,挨次地想尽了舞蹈中最浅近的技巧,完成了这一个四十五分钟的舞剧。"①陈歌辛特别满意《罂粟花》的合作:"这一次音乐和舞一样,在舞台上争取到他自己应有的地位。舞就是剧,歌就是话,音乐是描写。"他意气风发,接着写道:"这只是开始,我相信循着这路我们会有远大的前程,因为我将跟着进步的观众走,他们是不停地前进着的。在我所有的作品中,我不惜'肉麻'地重复说我对于《罂粟花》的偏爱。"②

4

《罂粟花》是一出抗日舞剧。吴晓邦在1982年出版的自传

---

① 《文献》1939年第2卷第6期,第125页。
② 同上,第128页。

中写道:"它是一个反对德、意、日法西斯的节目。当时在孤岛的租界内,中国人还可以有些自由,但限制性很大,公开反对德、意、日的言论与活动是不允许的。报纸上不准登载反对德、意、日内容的文章。凡有关抗日内容的节目,要细细琢磨,或以古讽今,或旁敲侧击,或隐晦象征,总之,要用种种象征手法,让观众心领神会。"① 陈歌辛在作曲上,"套用了一些日本、法国和意大利的曲调,更增加了象征意义"②。

吴晓邦回上海,本意想开办舞蹈研究所。"在逗留上海的四个月里,完全依靠中法剧专的一点薪金维持生活。不久,学校停办了,我只好向亲友们借钱,筹备我个人的第三次表演会。这一次的表演会由于得到了作曲者陈歌辛的合作而顺利完成。在这次表演会上,演出了我的三个新作品,其中《丑表功》这个作品受到了观众的特别欢迎……创作的动机,是汪精卫在河内发表了向日本帝国主义献媚取宠的艳电……当时,陈歌辛和我一同设计音乐,采用了一首北方民歌的旋律,然后加以变奏,处理成八度五度平行的不谐和音调,去刻画这个丑官的肮脏内心和各种丑恶行为,用钢琴弹出来……"③

吴晓邦是陈歌辛愿意在艺术上无偿援助的友人,而他们合作的动力主要是家国大义。陈歌辛从中显露的进步与勇气,并

---

① 《我的舞蹈艺术生涯》,第35页。
② 同上,第36页。
③ 同上,第37页。

没有因为吴晓邦的再次离去而消失。8月初,吴晓邦接到欧阳予倩从香港来的信,下决心去大后方继续抗日救亡的宣传[1]。这时期的陈歌辛,忙于推广苏联的社会主义歌曲。1939年6月14日《导报》刊登了他的文章《学习"农夫曲"论作曲》。他起笔就说音乐家不能按到时代的脉搏,无论玩着多么精妙的外国鬼把戏都不免像渣滓一样沉下去。他鼓励同行学习苏联作曲家杜那耶夫斯基,末尾大声疾呼:"我希望每一位作曲者应当学学邻人的杜那亦夫司基[2],为中国的民众发现他们所期待着的足以伴着他们在艰苦中向前行进的步伐的音乐的节奏来。"把民族救亡写得如此晦涩拗口,他理想的步伐,聂耳以前抬头挺胸地走过,但他不是聂耳。他可以为苏联影片《儿女英雄传》的上海公映译了两首杜那耶夫斯基的插曲[3],也忙于为新都饭店的玻璃电台主持管弦队与新歌舞[4],在他的身上,人性的复杂犹如不倒翁,这边一用力,必然反弹,摇摆不定。吴晓邦的左翼路线比他坚决:"我们是又冷而又饥渴,领受了四围所有冷酷的遭遇,我们已经不能再挨打挨饥下去,我们也不愿再听:花啊,哥啊,妹妹啊,那样的调子;因为那些调子对我们是漠不关心的。"[5]这很符合吴晓邦后来的人生轨迹,但是无法涵盖陈歌辛

---

[1] 《我的舞蹈艺术生涯》,第40页。
[2] 杜那耶夫司基,"杜那耶夫斯基"的旧译。
[3] 《申报》,1939年11月26日,第17版。
[4] 《申报》,1939年9月1日,第16版。
[5] 《音乐世界》,1939年第2卷第1期。

的艺术，至少，那些风花雪月的调子与他是彼此关心、相互成就的。

进入20世纪40年代，风花雪月将成为陈歌辛被后世铭记的功勋，他在这个十年写了将近两百首时代曲。他的第一首传世金曲《玫瑰玫瑰我爱你》创作于1940年，是为周璇主演的电影《天涯歌女》谱的插曲，但灌成唱片却是姚莉首唱。参考旧百代档案，灌音时间是1940年12月22日，唱片于1941年2月1日上市，B面收录《玫瑰玫瑰我爱你》，A面则是姚莉的另一首名曲《秋的怀念》，也是陈歌辛为《天涯歌女》写的插曲，署名皆为林玫，这个笔名还有一个更著名的异体叫林枚。

仿佛突然开窍，当时的陈歌辛写起歌来状态火爆，最显著的变化是编曲，舍弃欧洲艺术歌曲的样式，大量融入美国爵士元素，热辣奔放，在家听唱片亦有置身舞厅之感。这种改变是厚积薄发，或许，还得益于为玻璃电台主持新歌舞的历练，毕竟那是在饭店里讨生活，要迎合主流审美。当时，史简南在《盛京时报》连载《现代流行歌发达史话》，1941年3月30日发表的那篇写到陈歌辛，夸他是："包办龚秋霞主唱歌曲的新登台作家，对于西洋音律的国风化，造成极堪惊异的好成绩，可说是流行歌界今昔唯一的纯洋风作家。"

回望那时期的陈歌辛，如同面对杜琪峰电影《神探》里的高志伟，除了时代曲作家这个主体，他还有七重分身。能看见教授陈歌辛：1940年1月中旬受聘华光剧专[①]；社员陈歌辛：参加大钟剧社[②]；乐师陈歌辛：1939年9月1日起，为新都饭店卖艺；评委陈歌辛：为新新公司的儿童歌唱比赛当评委[③]；负心汉陈歌辛：1939年夏秋之交，已婚状态下追求影星李红；民运陈歌辛：化名戈忻，在1940年第1卷第7期《青年知识》发表政治歌曲《还政于民》；左翼陈歌辛：积极翻译苏联歌曲，比如杜那耶夫斯基的《Stalin之歌》[④]，宣扬社会主义。

如此复杂的陈歌辛，结果日本宪兵只看见他左翼的一面，把他当抗日分子抓捕。太平洋战争爆发之后，日军入侵"孤岛"，上海彻底沦陷，陈钢在其编著的《玫瑰、玫瑰我爱你——歌仙陈歌辛之歌》一书中写道："1941年12月16日晚，一队握着冲锋枪的日本宪兵冲进我家，抓走了爸爸……三个月后，爸爸被保释出狱。"[⑤]在民国文献里，陈歌辛被捕缺乏如此精确的描述。张北斗在《上海来信》中提过一笔："这几天，自书局被封，商务印书馆英文编辑周骏章被捕，鲁迅夫人许广平也被捕，陈歌辛失踪，文化人都亡命而走……"[⑥]随后便是抗战

[①]《民国日报》，1946年8月4日，第6版。
[②]《申报》，1939年11月9日，第11版。
[③]《申报》，1940年3月31日，第8版。
[④]《时代杂志》，1941年第11、12期。
[⑤]《玫瑰、玫瑰我爱你——歌仙陈歌辛之歌》，上海辞书出版社2002年版，第157页。
[⑥]《东南日报》，1942年2月24日，第4版。

胜利后的几句泛泛之谈。

倒是有一篇史料值得特别关注。如上所述，陈歌辛有一个重要的笔名叫林枚，这个名字在1946年4月9日上市的《图文》方型周刊发表了题为《狱中记：向赌棍黄茂亭泼消毒水》的文章，作者的一段自述与陈钢对父亲被捕的回忆高度重合："是在太平洋战争后的一星期，那时我承蒙'文化密探'的垂青，也给半夜里捕去过了七十多天的非人生活。"时间都对，只是作者并未在文中透露自己的身份特征，譬如作曲等信息，无法排除巧合的可能。

假设此林枚即陈歌辛，他在狱中过着如下的生活："跟什么人都合得来，强盗、小偷、外国记者、犹太人、各色人物……我们这一间关上二十几个人，大小便都得通过一个口径不过半方尺的方桶口……每天都要揩地板，而且由日本囚犯想法弄了消毒水来……最难忘的是一个犹太记者在圣诞节的晚上，那天白天里我正挨着一次毒打，他同情我的受难，塞给我一点点的巧格力和半片饼干，当时我真是说不出的感激。"

三个月的牢狱之灾改变了陈歌辛，也为他复杂多变的早期艺术生活画下一个休止符。初读这篇狱中记，我想起陈歌辛发表于1939年初的艺术歌曲《渡过这冷的冬天》："渡过这冷的冬天，春天又要到人间，不要为枯树失望，春光就会开放。渡过这冷的冬天，春天又要到人间，不要有一点猜疑，春天是我们的。"冬去春来，这歌词有某种预见性。仿佛古代囚犯的黥面之刑,日本人给陈歌辛留下了后患无穷的历史问题,他日后还有两次囹圄之困。

这一切,又与陈歌辛伴唱的《郎是春日风》暗合,它的副歌是:"过不尽的冬日,诉不尽的愁苦,了不清的孽债,穿不起的泪珠,等郎来数一数。"好可惜,现在要听见陈歌辛的声音,唯有这一首歌。

A5. 梁萍：唱作人的女性先声

梁萍是时代曲的奇女子。她于1941年考取上海的英商百代公司，成为签约歌手，挤入歌坛的上层社会。此前，她并没有舞厅驻唱、电台献艺的经验，换言之，她以新人姿态一飞冲天，无视由白虹、周璇等前辈创下，吴莺音、逸敏等同侪守卫的歌星养成计划，而在那个游戏规则里，歌手在灌录唱片之前免不了要背靠舞厅或者电台，吃一段时间的大锅饭。先不谈梁萍的天赋，如此反例的形成其实与她的家境优越有一些关系。这便构成了梁萍的第二点奇特之处。同人唱歌主要是讨生活，行话叫鬻歌，梁萍没有经济压力，她唱歌是满足爱好，就像现在的年轻人欢喜唱K，主要是为了自我娱乐。

在旧上海，梁萍唱了八年，出过近二十张唱片，名下歌曲超过三十首，有热门佳作，缺传世金曲。这个成绩在行业里属于二等撞线，与头等还有很长的距离。但是在回望的舞台，有

梁萍20世纪40年代留影［关有有（Johnny Quan）供图］

一束特别的光照亮了梁萍,源于她为旧上海的时代曲历史留下的女性创作之身影。熟悉时代曲的都清楚,女性在这个领域牢牢把持着话筒,而男性则是词曲创作的执笔者,前者称霸台前,后者垄断幕后。梁萍在二战之后的上海写过五首歌,自己演唱,百代发片,成为那个年代极为罕见的唱作人,在她之前,这样的全才还有严华、姚敏,皆为男性。

1

1926年11月14日,梁萍生于上海。我能够给出这条独家讯息,得益于梁萍的外孙关有有(Johnny Quan)。三年前,他在美国某社交平台发了一个帖子,题为"My Grandma Didn't Let Me See Her Photo Album Before She Passed, And Only Now Did I Find Out About Her Illustrious Life"。此帖迅速成为爆款,国内的自媒体编译推文《外婆去世后,美国小伙整理生前相册,发现她竟是老上海歌星》,刷屏朋友圈。那大概是梁萍离开中国之后,第一次站在祖国的聚光灯下,当然,这翻红的代价实在太大。梁萍去世了,帖文透露:"My grandma passed 3 months ago in Feb, age 93."据此推测,梁萍似乎生于1927年,而维基百科声称1926年,只有一个模糊的年份,因为未见出处。我通过关有有的个人网站给他留言,隔天,他电邮答道:"Hello there Moz. Yes, my grandma was born on November 14, 1926."

解决了梁萍的生日之谜,回看她的资料,很多数字都变得顺眼。譬如数字15。2011年6月11日,梁萍在旧金山接受莫丽谯的专访,她提到15岁时考入百代唱片公司[①],这与史料相符。百代公司的确在1941年办过一次灌唱员的公开招募,于当年的《新闻报》(7月5日,第6版)、《申报》(7月6日,第6版)登过"百代公司征选男女声歌唱人材启事"。调阅旧百代档案,未查到梁萍签约百代的具体信息,但在1941年10月的一份应付录音费用的清单中发现了她的名字。她此时应该已经隶属百代,有起码一次的灌音体验。

梁萍晚年将百代视为个人歌唱生涯的起点,但是她的前辈姚莉似乎有异见。姚莉晚年与友人杨伟汉合著自传,有内文涉及梁萍:"大同社除了他们四人以外,也找了一些上海新歌手合作。这些受他们提拔的歌手当中,后来也有机会签约百代唱片,灌录唱片。其中包括梁萍和逸敏,她们俩就是在大同社当歌手后,经由姚莉推荐给百代唱片公司的成功例子。"[②]姚莉的意思很明白,梁萍出道,她有功劳。再看1944年的梁萍如何

[①] 《中国上海三四十年代绝版名曲(九)梁萍》唱片内页,第1页。
[②] 《姚莉:永远绽放的玫瑰》,商周出版2015年版,第77页。

作答:"还记得三年前百代公司招请歌手,我贸然地去参加,在数百个投考群中竟被录取了。自此我对歌唱便更感兴趣,同时姚莉兄妹也邀我在电台播唱多时,直到战事发生。"①

1941年12月,太平洋战争爆发,梁萍的歌唱事业受到波及。英法等敌对国在沪开设的唱片公司被日军侵占,并入中华音乐工业株式会社。英资的百代唱片与美资的胜利唱片原是竞争对手,眼下却化为异姓兄弟,此后,有些唱片明明是在百代灌音,发行时却贴上胜利的商标,这滑稽的一幕在日本投降之前不断上演,有几次还落在了梁萍的头上。那时期,梁萍的从艺路越走越世俗,她开始随大流,在舞厅驻唱。她下海的第一站是在静安寺路跑马厅畔的立德尔舞厅（the Little Club）,为她伴奏的是海立笙领班的乐队②。在20世纪三四十年代的申城舞厅业,立德尔排不上一流,菲律宾乐师海立笙曾经是顶流,与另一位洋琴鬼唐乔司一时瑜亮,但在梁萍出道时,他已经在走下坡路了。这时候,立德尔舞厅在《新闻报》《申报》几乎每日都打广告,梁萍作为驻唱歌星,并非每张广告上面都能露个名字,她当时还不足以扛起票房。但是到了2月28日,情况突变,在立德尔唱了一个多月的梁萍居然有照片登上《新闻报》的广告,而且她的名字印得比立德尔的店名还要大,甚至获颁

---

① 《万象》,1944年第4卷第2期,第151页。
② 《新闻报》,1942年1月23日,第5版。

"特等歌星"的头衔。3月1日,《新闻报》的广告预报"梁萍今晚献唱最新名曲《安慰》《锦绣山河》"。这两首歌同时期由胜利公司出版,在已知的梁萍唱片里,它是最早的一张(模版编号42161)。

2011年,新加坡人李宁国修复及出版梁萍上海时期的录音,他原意做一张全集,但是有些歌曲只知其名,未闻其声,后来,他在《抢救梁萍珍贵录音》一文中写道:"抗战期间,她在'胜利'唱片灌录过几首歌曲,如《安慰》《锦绣河》……因为抗战期间物资缺乏,贸易停顿,因此,当年这些'胜利'商标的唱片并没有销售到东南亚一带。唱片收藏家中没有多少人知道梁萍曾经灌录过这几首歌曲。"[①]《安慰》《锦绣山河》未能出现在李宁国推出的《中国上海三四十年代绝版名曲(九)梁萍》专辑中,但是这两首歌并未佚失,上海图书馆收藏了相关老唱片,而它的录音母版现存于中国唱片上海公司的版库,调阅旧百代档案,能查到模版记录,可惜没有具体的录音与发行日期。翻看1942年4月27日《新闻报》的广告,这张唱片出现在胜利唱片1942年春季新出品的目录中,广告底部刊登了一段重要信息:"每日下午二时至四时,假座高士满新歌献唱一星期,欢迎参观。"再核对高士满舞厅(Cosms Club)同时期的广告,4月28日《新闻报》预告本厅今日起举

[①]《联合早报》,2012年3月31日,第10版。

办舞界未有创举之明星歌唱,但是没有透露阵容;4月30日加码宣传"邀请著名电影明星献唱新曲,不便露布,一看便知"。显然,由胜利公司主办的新歌献唱活动的确延请到了本尊现场表演,难以想象,唱片业后来惯用的以演出促售唱片的营销模式居然早在旧上海就已出现。

此时的梁萍,下午在高士满唱新歌,晚上还要去丽都驻演。她和立德尔的合作结束于3月底(最后一次出现在广告上是1942年3月22日的《新闻报》),随后几乎是无缝衔接地跳槽丽都。主推此事的极有可能是黎锦光,他当时是梁萍的"上级"——百代的灌音部主任、签约词曲作家;他的笔名"金玉谷"出现在丽都的广告上:"明日起特请杨柳、梁萍两位小姐日夜歌唱名曲,并请金玉谷先生专诚编制各种曲谱,并请白虹小姐参加客串……"①白虹当时属于大咖,还是黎锦光未成婚的同居太太,她在这个级别的舞厅表演属于"夫情"客串。4月15日,追随前辈白虹,梁萍在《影舞日报》主办的"舞国皇后"评选中献艺,当天的《申报》广告上,这个暖场节目名为"影星歌后会唱"。完全没有银幕经历的梁萍,戴上了"歌后"的帽子。她是一个爱社交、不耐寂寞的小姑娘,这一点会在今后的岁月里不断流露。7月10日,她出席大都会花园舞厅的开幕式,抬头继续升级——"金嗓歌后梁萍小姐客串流行名歌"

---

① 《申报》,1942年3月31日,第7版。

（同日《申报》头版）。三个月后，有人借评点歌舞演出《香雪海》的稿子为她唱赞美诗："参加这次浩大演出的，有我国歌唱界新人梁萍小姐，梁小姐不仅天赋歌喉，有金嗓子之誉，而且姿态娴雅，当她唱的时候，她的姿势，也都恰合她所唱的节奏，因此，她给予观众的印象是极其美好的。"[①] 套用时下的饭圈语言，这简直是"新粉"写给"爱豆"的小作文。凭借《香雪海》，梁萍圈了一批路人粉。11月7日，《申报》刊文《观香雪海记》，对她又是一通肉麻表扬："她所唱的《秋的怀念》是那么温馨，那么富于诗意，而又那么充满着热情，怪不得观众都拍手要求叫她再唱一折，美中不足的，是梁小姐在第二部节目里没有担任什么。"那年的11月，她几乎是乘风破浪，好些社会活动邀请她剪彩，譬如秦泰来影展、华都菊花展览会，在当月的《申报》上，她跑通告的身影折射出一丝破圈的迹象。

胜利公司先前还为梁萍出了第二张唱片（模版编号42201，广告见《申报》，1942年10月13日，第6版），依旧是严华作曲，却一改处女作的爱国气魄，收录的《山歌情侣》《洞房花烛夜》皆为粉色调的情歌。或许，主创人员此时除了迎合市场，还要自保，因为进入1943年后，中华音乐工业株式会社的管控更为严格，出品的唱片在片芯外沿皆有"检阅济"的字样，那是内容审查留下的烙印。

[①] 《申报》，1942年10月31日，第6版。

在那个特殊时代，像梅兰芳先生那样守节着实不易，大部分身处孤岛的艺人选择随波逐流。梁萍也落水了。1943年8月23日的《申报》记载："上海特别市宣传处为庆祝接收租界，特与中华电影联合公司主办空前仅有之大上海进行曲演奏大会，于昨（二十二）日上午十时半，假座大光明电影院举行……"白虹、姚莉、龚秋霞、张露、欧阳飞莺、张帆等歌星各自献演了独唱节目，梁萍因为并非一线歌手，参与的是集体节目："女声合唱为梁萍、柔云、云云、苏勤、逸敏、朱梅、李莉、秦燕、韩清等小姐之《博爱歌》……"

歌手沦为宣传工具，那时期的梁萍似乎难逃这样的命运。唱片公司还承制广告歌曲，交给她唱。"去年慕琴君又介绍我给梁萍女士作《豆蔻梢头》，这是豆蔻化妆品的宣传品，我竭力避去宣传的气氛，可惜我没有耳福，既然没有去试听，那送我的唱片又在带还家来时碰碎了，不知道如何？可是作曲都是严华君，我是放心的，因为他很忠实于作词者的。"①写这段文字的是鸳鸯蝴蝶派作家范烟桥，慕琴君即老画师丁悚。我读到"唱片又在带还家来时碰碎了"，心里一紧，因为这张碟出自冷门厂牌北海唱片，发行量小，目前只知上海图书馆藏有一份残片。李宁国曾为它留下了无米之炊的感叹："另外，她也在上海一家规模较小的唱片公司'北海'唱片录制过《豆蔻梢头》

---

① 《万象》，1944年第4卷第3期，第160页。

北海唱片公司发行的这张梁萍唱片是时代曲里比较罕见的商业广告歌曲（上海图书馆供图）

《雪月风花》这两首歌。然而,这两首歌更是属于极度罕见的曲目,没有人看过,只能根据当年上海出版的《大戏考》歌词的记录,知道有这两首歌曲。"[1] "北海"的规模其实并不小,它是胜利公司的异体。1946年新6号的《星光》周刊有记载:"名评剧家梅花馆主郑子褒,在敌伪时期颇为活跃,为吴国璋之私人秘书,曾由吴赠其包车一辆,嗣后复由吴之介绍得识敌宪兵队队长,于是乃借势接收胜利唱片公司,改为北海唱片公司……"

不足三年,从签约"百代",到"胜利"发片,再迁入"北海",梁萍的事业就和她的国家一样动荡。

2

梁萍出道后,遇上三位使劲捧她的贵人。最初是严华。梁萍在抗战时期发的唱片,有六首歌是严华作曲,他还帮忙伴唱、和声。此事追究起来颇古怪,因为自从1941年夏天与周璇离婚,严华渐渐淡出娱乐圈,专注他的唱针厂。隐退之前,严华将自己与歌坛的那点藕断丝连,献了一大半给梁萍。到了

---

[1] 《联合早报》,2012年3月31日,第10版。

1944年，接棒的是平襟亚与黎锦光。

平襟亚的故事要从梁萍驻唱国际饭店说起。1944年4月15日，国际饭店二楼的孔雀厅增设音乐茶座，梁萍领衔主唱[①]。她与作家平襟亚结缘，平氏的友人在小报专栏里这样讲："吾友秋翁，于经营'精神食粮'事业外，亦好听歌，见梁萍而爱之，经相识者之介，录为义女，秋翁执文化事业之权威，出其余绪，为义女延誉，梁萍之名益大振……"[②]又是拜干爹的传统戏码。此事见光之前，平襟亚在《海报》鼓吹过义女两回。5月24日，他的文章《狂欢之夜》见报，写5月21日与梁萍、都杰的聚会："是日男女凡十一人，茶舞于仙乐，晚餐于雪园，自雪园出步行至丽都……"老先生身体真棒，三场狂欢一气呵成。梁萍的母亲读了此文，雷霆大怒，觉得女儿装病去孔雀厅请假，实则浪游风月场所；于是，干爹只得写续篇澄清："游苏七日，返沪后又同佐文伉俪在孔雀厅晤梁萍，始悉梁小姐因予在本报写《狂欢之夜》一稿而备受冤屈，流却不少眼泪……"[③]我读这段最惊诧的不是平襟亚的怜香惜玉，而是他一回上海就记得要去捧梁萍的场，真是着了魔。难怪他后来公器私用，在《万象》连着三期杂志为义女造势。先是8月16日出刊的专访稿《梁萍会见记》；而后9月刊开新栏目《万象新歌集》，定制

[①] 《申报》，1944年4月15日，第2版。
[②] 《力报》，1944年6月27日，第2版。
[③] 《海报》，1944年6月3日，第2版。

新歌供义女演唱；10月刊，梁萍亲自上场，撰文《旋律的跳跃》。这套组合拳，最重磅的无疑是为梁萍打造新歌。柯灵化名"素人"，在1944年8月3日的《海报》透露新栏目："每期特为梁小姐'撰词''谱曲'刊列新歌数首，请梁小姐隆重献唱于孔雀厅上。"文末录了两首素人创作的歌词。素人是谁？陈念云的一则短文将其点破："《万象》最新一期有《万象新歌集》，刊梁萍主唱之《你的眼睛》及《我为你歌唱》新歌二支。梁萍叫秋翁先生为'寄爹'，'寄爹'自不惜巨金捧捧'过房媛'矣！二歌歌词极佳，是不同凡俗之作，闻即出自《万象》编者柯灵先生手笔云。"[1]为歌词谱曲的是孔雀厅的音乐顾问梁乐音。不知为何，如此星光熠熠的两首歌居然没有灌录唱片。舆论当时漠不关心，他们忙着看已婚的平襟亚捧未婚歌女的热闹。平襟亚被朋友调笑，被敌人攻击；在各种小报专栏里，梁萍的名气搭一叶轻舟，笑看两岸猿声。"最近每于散学时，有不少女学生结伴至梁寓，向其索取照片，或要求签名于纪念册者，户限为穿。"[2]

对于上海的小报文人，梁萍有一种莲花出淤泥的美，卢一方在其专栏《波罗随笔》有精辟观察："海上著名之女歌手，虽有出名门者，然行歌以后，大多成为职业化，其业余气息最

---

[1]《社会日报》，1944年9月27日，第2版。
[2]《海报》，1944年10月5日，第2版。

感浓厚者,仅一梁萍,梁今犹读于女学,家境甚充,致力于歌,完全出于爱好艺术,初未尝欲假此技以为稻粱谋也。"①小报状元唐大郎初见梁萍时的印象是:"夜饭于孔雀厅,座上女客四,为王丹凤、周璇、管敏莉,及孔雀乐队之歌手梁萍,梁犹初见,平襟亚先生笔下,曾著誉其人,梁与周璇为素识,亦梁乐音先生之高足,周璇盛道梁歌之美,予不解此,闻其就麦克风边,歌数折,是殆从平淡中见工力者。"②唐大郎不理解周璇对梁萍的赞美,或许和梁萍爱唱英文歌有关。在唐大郎写梁萍的第二篇文章里,有这样一段:"昨夜又晤之于孔雀厅,相见问别来无恙矣。予所坐处,在音乐台之旁,与梁萍所坐处,第间一屏,梁既歌,则问予与曼华曰:阿要听啥个歌否?予不解此,若易凤三,则又是一连串英文,尽举西洋名曲矣。"③

平襟亚砸重金热捧梁萍,可是义女却在1944年的岁末急流勇退。卢一方最先报道此事:"近见梁萍携秋翁之介弟佐文同游,尝为记者述其近况,自言现已考入音专,将就音韵一门求其深造,至于谢绝孔雀厅之歌,为畏天寒,初非他故,不久或有继续可能,梁萍又言,明年如有机缘,拟开一个人歌唱会,

---

① 《力报》,1944年6月27日,第2版。
② 《繁华报》,1944年10月7日,第2版。
③ 《东方日报》,1944年10月23日,第2版。

复拟别取一字，曰梁爱音，以志其爱好音乐之意。"① 这段文字的信息量很大：梁萍结束了孔雀厅的驻唱，起因是冬天太冷；她考入上海音乐专科学校（上海音乐学院前身），给自己取了梁爱音的学名。起初，大家并没有意识到梁萍这是要退圈。因为她虽然扬弃了歌唱阵地，其他活动还是参与的。查看《申报》，12月24日下午，她参加了电台的募款义演；30日在大光明，她是歌唱音乐游艺大会的歌星代表；31日在南华酒店碧萝厅，她在参加歌星的名单里排在首位。这些活动和孔雀厅的驻唱一样是下午开始，深夜结束，所谓畏寒，只是她离开孔雀厅的借口。真实原因迟至两年后才在媒体上公布："根据校中规定，学生未得校方同意，是不准在外公开演唱或鬻歌的，梁萍现在某电台唱歌，就用了一个化名。"②

梁萍退圈了，仿佛潮水，一同退去的还有平襟亚以及某种魔力。还关注梁萍的人，就像读《红玫瑰与白玫瑰》的小说连载，读到了结尾："第二天起床，振保改过自新，又变成了好人。"梁萍变成了好学生。1945年2月17日，鹦鹉厅音乐茶座开幕，《新闻报》当日的广告将她的名字与"六大歌后客串"联系在一起。好学生两天后在同报刊发辟谣启事。乌龙的后劲很足，唐大郎被迫写文章道歉③。原来鹦鹉厅本意邀梁萍客串，

---

① 《东方日报》，1944年12月26日，第2版。
② 《吉普》，1946年4月8日第21期，第10页。
③ 《繁华报》，1945年2月22日，第2版。

请唐大郎当说客，唐氏认识梁萍是朱曼华的介绍，彼此并无交情，而朱曼华碰巧病了，事情僵持，不料鹦鹉厅使出一招霸王硬上弓。

如果没有那条校规，梁萍应该很享受在社会上露面。她退圈半年后，应《大上海报》之邀，写了一篇短文汇报近况，登在1945年6月1日的第2版："自从去年脱离了孔雀厅以后，许久没有在麦格风前唱歌了，虽然心里极想客串客串，但是学校里的功课太忙，所以都拒绝了各方的邀请，这是我认为非常抱歉的。"学业太忙，专心攻读，是那时期她对外的一段新闻稿。"考入了国立音专以后，每天在舍夫人处学习声学，自己觉得比前稍有进步。同时觉得过去自己的歌唱真是幼稚极了，想起以前在听众前献丑，真惭愧得很。同学中，祁佩仙与邹德华两位小姐和我很好，她们快将毕业了，我们时常厮混在一起研究一切，每天七时起来我们一同踏自由车上学去，生活足够严肃，但也太单调了，所以心想有机会的话，也许开一次歌唱会来调剂调剂，我这数月来刻板的生活。"舍夫人是意大利的声乐老师。梁萍不止一次对记者、对读者说要开一场个唱，但是未能实现。文末，她感叹道："暂离了歌坛以后，以前的一切使我留恋不已啊！"

梁萍是不耐寂寞的，于是有了前文提到的化名鹥歌。"'王昭君'梁萍自孔雀厅辍歌后，似乎不闻莺声者久矣！实际上她一面在'音专'求深造，一面仍加入一著名歌唱社在电台播音,但不用梁萍本名……"①《王昭君》灌录于1943年岁末,在梁萍抗战时期发表的唱片里比较畅销,引为代表作,日渐被媒体当绰号来用。她化名"唐纳"加入爵士社,有两位小报文人写过此事。张亚青的记载是:"女歌手梁萍,某一时期曾化名唐纳,在电台上播唱,后来经人在报纸上揭露了她的秘密,梁萍只得辍歌,原来那时候她在上海音专受训练,校方是不许学生在外作营业性质的卖唱的。"②俞仲铭这样写道:"认识梁萍,是在今年积雪未溶的新春,那时,我正主持着'三八'电台时。梁萍方以唐纳化名参加爵士社歌唱,同伴有都杰、白云等,奏琴者为姚敏君……"③1946年春节是2月2日,而在同年5月1日出版的《海天》周刊第3期,词作家张准(张生)披露梁萍已经辍唱电台。由此推测,她在三八电台的这段经历不足三个月。

退圈的日子,江湖上一直有梁萍的传闻,说她耍大牌,说她隐婚,说她转战影坛,说她自组歌唱社。这些飞短流长,本质上是社会大众对于梁萍的不理解,他们看不清一个前景大好的女歌星缘何自废武功,就提出各自的见解。实际上,要解释梁萍的这一抉择是很困难的,它的可贵之处,它的现代性,需要时间的淬炼。不妨先看一眼她在上海音乐专科学校到底进修

---

① 《海滨》,1946年4月1日,第12页。
② 《铁报》,1946年9月13日,第3版。
③ 《甦报》,1946年11月7日,第3版。

了什么:"学习乐理、声乐、钢琴、合唱等……老师包括:应尚能、劳景贤,还有法国留学回来的张昊,及俄国教授苏士林等……"这是2011年她接受莫丽谯的专访时给的答案[①]。很难说清楚,梁萍在考取音专之前是否自主唤醒了某种女性意识,但就结果而言,在通往旧上海时代曲唱作人的荆棘路上,这段履历换取了也许是唯一的一张女性通行证。

3

1946年11月19日,《甦报》刊发了梁萍复苏的消息,与梁萍在三八电台共事过的俞仲铭写道:"日昨梁萍来舍告我,百代当局坚邀她重灌《王昭君》,只不过此次是以西乐作为陪衬的。"俞翁替梁萍高兴,也欢喜唱片业的重启:"百代唱片公司在主持人的努力之下,渐渐地在复活之中!以前服务于该处的黎锦光、严折西等都也相继地复员了,闻其它各唱片公司亦在积极的筹划之中。"这里涉及一个历史问题,即上海的唱片业在抗战胜利后虽重回国人掌控,但由于种种原因难以复工,经历了一年的真空期。依据旧百代档案,梁萍的《昭君怨》灌

[①] 《中国上海三四十年代绝版名曲(九)梁萍》唱片内页。

录于1946年12月24日，编曲如俞翁所言，用了大量的西洋乐器。黎锦光从粤曲采撷灵感，为梁萍写了两首"昭君"时代曲，第一版《王昭君》像地方戏，第二版《昭君怨》像西方艺术歌曲，这两首歌对如今的流行歌曲听众并不友好，难以消化，但在旧上海，却是梁萍的代表作。

梁萍在随后两年交出了一张漂亮的唱片成绩单，这时期，她为百代灌录的歌曲超过二十首，参与创作的有五首。她给自己写歌是从1948年浮出水面的，发表了处女作《不老的爸爸》，词曲唱一肩挑起。梁萍晚年在香港电台的一档节目中透露："《不老的爸爸》我好钟意，但姚敏有改过，我应该整首歌给他听，因为我作得好幼稚，不是很好，姚敏改过，对我说，爸爸爸爸爸爸爸爸，怎么那么多爸爸……"在姚敏的建议下，梁萍把后面四个"爸"改成"不老的爸爸"，这一改也体现在了歌名上。二十年后，邓丽君翻唱了《不老的爸爸》，收录在1968年2月发表的专辑《比翼鸟》。这次翻唱堪比吸星大法，旋律来自英国名曲 The Laughing Policeman，歌词是对梁萍作品的复制与改写。这应该是梁萍作为时代曲作家最辉煌的一笔，因为改革开放之后，邓丽君版的《不老的爸爸》以及随之而来的翻唱就像滚雪球，使这首歌成为20世纪80年代的"神曲"。

《伟大的母亲》是梁萍另一首包办词曲的创作。坦白地讲，填词给到梁萍的压力更大，毕竟音专并不教授文学，她写的另外三首歌都是给黎锦光的歌词谱曲。重回百代之后，梁萍与黎

梁萍正在写作［关有有（Johnny Quan）供图］

锦光走得很近，而黎锦光与白虹当时感情不睦，小报记者经常在林森中路（今淮海中路）的西披西咖啡馆撞见他与梁萍出双入对，于是就有了《海潮》周报的热恋新闻。①一周后，小报文人花如锦提油救火："逸敏称黎锦光为情哥哥，而梁萍尊黎为叔公，缘梁为黎锦光外甥媛之干女儿，遂使黎平升三级。"②花如锦大概率是张准的笔名，经常在小报上为吴莺音增势，熟悉百代公司的家长里短，他在1947年4月9日的《甦报》这样写梁萍："前天去百代公司，结果和她的叔公黎锦光大吵了一场，因为梁自《王昭君》收灌之后，到现在灌片的代价还是和吴莺音、逸敏等人一样，认为太不公平……"此事件因为没有其他媒体跟进，难辨真伪，不过他提到的另一件事情应该属实："女歌手里则'王昭君'梁萍是天主教徒，而且她非常热心，每星期日的上午十一时，她必到蒲石路的天主教堂望弥撒，很虔诚的样子。"李宁国先生知道我在写梁萍的文章，分享了一些他的回忆："梁萍晚年有点怪，我一般没事不会找她，因为你一找她，她就跟你谈天主教。"

黎锦光对梁萍的力捧与偏爱，还体现在电影领域。"女歌手梁萍，在欧阳飞莺上银幕的时候，就企图一过明星瘾，现在她的愿望实现了，在文华新片《母与子》中有她的戏。梁萍的

---

① 《海潮》，1947年3月2日第38期，第6页。
② 《甦报》，1947年3月8日，第4版。

上银幕，是黎锦光介绍给吴性栽的，吴性栽说：'就让她试试吧！'于是通知李萍倩，在《母与子》中派她演一个角色。"①吴性栽即"文华"老板，李萍倩是《母与子》的导演兼编剧。文章另外爆料："梁萍接到了拍摄通知，赶到了'文华'摄影场，化好了装，站到了开麦拉前，一颗心别别别的乱跳，结果是对白全部忘掉，吃慌得一塌糊涂。"找出影片核实，在43分29秒等来了梁萍的入镜。这场戏相当有看头，卢碧云饰演的女主为儿子解围，请地痞七爷去酒吧喝酒；梁萍饰演酒吧的女招待，入画时侧对摄影机，18秒后，她开口了："林小姐请一排，您七爷回一排，孙经理再回一排，不就结了吗？"听完这段台词，突然明白了梁萍为何没有大红大紫——那么明显的广东口音，唱歌的时候居然没有露馅，也是奇迹。突然想起丁悚悼念义女薛玲仙的一句话："可惜个儿不高，国语尚欠纯熟，这是她一生吃亏处，否则无论舞台上电影里总有她的地位！"②

在那个年代，一个女明星光唱歌不演电影是无法成为巨星的。大银幕有着非比寻常的魔法与影响力。黎锦光不死心，使劲把梁萍往片场推。"顾兰君在新摄的一张影片中，有一支插曲，似是《奇异的爱情》，然而顾兰君不擅唱歌……唱来唱去，终是未能满意，结果是由辍歌已久之梁萍去代唱，影片上仍是

---

① 《诚报》，1947年10月14日，第4版。
② 《永安月刊》，1942年第37期，第54页。

顾兰君在张开了嘴,其实这声音让听惯顾兰君说话,或者常听梁萍歌唱的人,一听便可以知道是由梁萍所代唱的。"①黎锦光作曲的《奇异的爱情》富于夏威夷风情,百代后来出唱片,依旧是梁萍演唱。"梁萍已自粤返沪,休息三日后,即赴百代公司灌唱片。片名《奇异的爱情》,系银幕上《假面女郎》插曲。音乐则用'吉他'夏威夷乐器,主弹吉他者,乃百乐门乐队领班杰美金也。"②杰美金即金怀祖,现在多称他为吉米金。

梁萍还帮王丹凤代唱电影《乱点鸳鸯》的插曲《三轮车上的小姐》,此事详见1948年4月23日的《小日报》,可惜当了无名英雄,这首歌在百代唱片是由屈云云灌唱的。黎锦光随后又暗中使劲。"闻负责邀请女歌手客串者为黎锦光,黎捧梁萍最烈,拟派梁饰片中最红女歌手一角,而吴莺音等则饰普通女歌手。事为吴莺音所悉,乃表示拒绝参加……"③黎锦光先得罪了吴莺音,然后又砸了自己的脚。"大同的《柳浪闻莺》片中有歌星梁萍客串,拍了三天,未谈酬劳,第四天的拍摄通告发给梁萍,梁萍不到,表示拒绝,因此急了导演吴村,现闻由人调解中。"④"只累得当初拍腐担保的黎锦光毫无罩势,不免大跳其脚了。"⑤"坍罩势"是沪语"丢脸"的意思。梁萍完全不给

---

① 《导报》,1947年11月3日,第3版。
② 《风报》,1947年10月31日,第3版。
③ 《青青电影》,1948年第16卷第19期,第7页。
④ 同上,1948年第16卷第25期,第5页。
⑤ 《真报》,1948年8月2日,第4版。

黎锦光面子，一走了之。"已答应梁乐音之邀请，将于下月中旬与丽蓉联袂唱码头，赴西贡献歌，酬劳为美金两百元，合同四个月。"①摄影师、小报文人翁飞鹏两个月后收到丽蓉的来信，他在专栏中披露："丽蓉与梁萍已在越南西贡堤岸牛角街大罗天酒家鬻歌，每天唱歌有一定的节目，平均每人唱三支，合唱的两支，是梁乐音给支配的。"②

等到梁萍回来，上海解放已是大势。1949年2月25、26日，上海市教育局在电台办了一个奖学金空中筹募义演，梁萍作为歌星代表参与。此时，梁萍的东家百代公司正处于崩溃边缘。随后的3月8日，《申报》报道了百代的解雇职工纠纷："近来因该公司所出唱片，在南洋一带销路不佳，无法维持，据公司当局表示，已损失一万英镑，顷拟从工人六十七人中，解雇四十八人。从职员三十人中，解雇十人……"参考百代档案，其实早在2月，公司已停工，给大多数职工发了遣散费，只留少部分人看守厂房设备。

黎锦光失业了，不过他的二哥黎锦晖正导演一部新电影，黎氏对梁萍的力捧得以延续。"《悲天悯人》，昨日正在'中制'摄影场开拍，由黎锦晖、田琛联合导演……已决定由舒青、苏曼意、梁萍、白虹、张帆等主演。"③"中制"即中国电影

---

① 《辛报》，1948年8月1日，第3版。
② 《诚报》，1948年10月4日，第3版。
③ 《铁报》，1949年3月10日，第4版。

制片厂,当时忙着撤迁台湾,《悲天悯人》是在留守职工的策动下投拍的。这部电影没能成品,最后一次见报时,上海距离解放只剩不到两周。"'中制'是官方资本,所以预备迁到台湾去。然而,职工的意思,认为上海是全国电影业的中心,多少可以在无办法中想点办法。而且职工的家眷多住在上海,搬家并不是一桩轻而易举的事,这笔费用就不易张罗,何况到台湾人地生疏,大家都对赴台的前途担忧……"① 重读这些职工的顾忌,有助于理解梁萍在那一刻的抉择。

梁萍选择留守,或许是不适应新环境,两年后,她悄无声息地南下香港。她赴港的时间历来是一个谜,有不同的版本说法,但不应晚于1952年5月,因为她那时竞选香港小姐的新闻与照片见诸《华侨日报》。李宁国先生提供的答案是1951年。他早年为了制作梁萍的CD专辑与她有一些交往,他确认这是梁萍亲口在电话里给的答复。

回顾梁萍的上海岁月②,她集天赋、努力、机遇于一身,却没能成为时代曲的第一眼明珠。她原本是有机会演唱传世金曲的。当年刘如曾(金流)新写了几首歌,让她挑选,她居然在《明月千里寄相思》与《春来人不来》之中选了后者。她晚

---

① 《青青电影》,1949年5月15日第13期,第15页。
② 1986年,梁萍低调回沪,原因不详,她在国际饭店宴请黎锦光、严华,原本嗜酒的黎锦光因身体原因已经滴酒不沾。参见1988年8月11日《新明日报》上王振春的专栏《听歌30年》。

左起:邵逸夫、梁萍、伊丽莎白·泰勒,1957年新加坡留影[关有有(Johnny Quan)供图]

年在香港的电台节目里回忆此事，并无一丝后悔，连《明月千里寄相思》的歌名都记不全了。与其说梁萍的事业欠缺一些运气，不如说，她的另类审美导致她追求的歌唱之路偏离了世俗的轨道。

梁萍是超前的。我在回望时总会想起一道鸿沟，在中国的流行乐坛诞生第二位像梁萍这样有影响力的女性唱作人之前，为了填补这个空白，时间付出了多么巨大的牺牲。

A6. 徐朗与吴莺音的师生情

　　1997年年初，张信哲来上海拍摄《用情》的音乐录影带，他在外白渡桥的一张冬日留影后来登上《挚爱》专辑的封面。《用情》是《挚爱》的主打歌，也是这张专辑的开场曲，这首苦情歌匠心独具，用一段时代曲的采样与旧上海建立了某种被割裂的情感。港台地区的文化人很擅长用爱情来模拟更深刻的表达，1987年，有乐队这样妙用白光的《等着你回来》，而稍早之前，舞台剧《暗恋桃花源》借周璇的《许我向你看》回望对岸。轮到张信哲，与他隔空对话的是吴莺音。

　　先出异响，无线电突然换台，清冷的管乐笃悠悠吹出一段如泣如诉的旋律，吴莺音仿佛伏在听众的耳朵上，哀怨地唱道："我想忘了你……"这是《用情》的前奏。我初听时还在念中学，买了张信哲的磁带，在内页看见用加粗的黑字写着"我想忘了你,原主唱人吴莺音小姐",当时对吴莺音以及时代曲毫无概念。过了四分之一世纪,抱了念想再翻开那盘磁带的内页,遗憾更深了,因为没能见到《我想忘了你》的词曲署名,这对原作者构成二次伤害。

那位艺名"徐朗"的牙医歌王是真的被彻底遗忘了,但是他为吴莺音、姚莉写的歌还在传唱,尤其是《我想忘了你》,这首杰作是吴莺音歌后之路的发端,也是徐朗作为时代曲作家的起点。在很长的一段时间内,徐朗被时代曲的绝大多数研究者、资深歌迷误以为是黎锦光的笔名,亏得关华石、邱雪梅(笔名慎芝)夫妇拨乱反正,在书中留下这个记录:"吴莺音的《我想忘了你》是徐朗作的。关于这一个歌还有一个故事。徐朗是一个牙医师,也懂得电气,是一个很聪明的小伙子。他因为很喜欢吴莺音,所以开始研究音乐歌唱。后来他自己也唱歌,唱得很好。他很热烈地追求吴莺音。可是,吴莺音已经有了别的对象,不能接受他的爱。徐朗在失望之余,就作了这一首《我想忘了你》。"①

徐朗还要感谢严折西,有一个爱摄影的好孩子。1986年10月,徐朗去严家做客,在慈厚北里一栋石库门房子的二楼,严半之为父亲以及他的这位老友拍了一组合影。当时严半之对父亲的时代曲历史一无所知,只晓得父亲是画家,而徐家伯伯

---

① 《歌坛春秋》,台湾大学出版中心2010年版,第35—36页。

左起：严折西、徐朗，1986年10月严家留影（摄影：严半之）

则和文艺完全不搭界，是牙医，本名徐冰农，每次出现都是西装笔挺，头势清爽，绝对老克勒腔调。"徐朗不是黎锦光的笔名，是另有其人，"我和严半之相熟以后，有一次，他特为关照我，还翻出他拍的照片。我看了证物，不响，徐朗比我预想的还要帅气。严半之说："拍完照片，当时我把相机放入饼干盒，徐朗还说，你和你爸一样弄得整整齐齐的。"这组照片里的徐朗总是笑而露齿，他的牙口整齐，上面一颗门牙泛着金光，仿佛出自《好春宵》的爵士编曲，铜管乐器合奏出夜上海的迷醉。《好春宵》是徐朗为吴莺音写的第二首名曲，约半个世纪之后，打动了王家卫，以配乐的形式在他的电影《手》中亮相。

"莫再虚度好春宵，莫教良夜轻易跑，你听钟声正在催，的答的答的答的答的……"这欢快的钟声又催又敲，多年以后，竟与李玟的名曲《Di Da Di》互动："倒数开始，Di Da Di，Di Da Di Da Di Da Di Da Di Da Di……"全部滴在徐朗的身上，仿佛忘川的潺潺水声。

1

吴莺音本名吴剑秋，这个英气勃发的名字在文献中初亮相即是一台大戏。1942年4月5日《新闻报》登出"席静江吴正阳为长男行志侄女剑秋订婚启事"。关华石是旧上海的过来人，他在《歌坛春秋》中写道："吴莺音是宁波人，世居上海，她嫁给上海一位很有名气的医生席时泰的儿子。讲起这位名医席时泰，在抗战时期因政治问题，在上海遭遇了暗杀……"①

1939年4月11日，席时泰遇刺，隔天《新闻报》有载："昨晨九时十五分，公共租界劳合路居易里内，发生一枪击伪'警局秘长'席时泰案，席当场身中两枪倒地重伤旋即身死……"席静江即席时泰遗孀，1925年《新闻报》有不少他们合办时泰医院的通告。据关华石回忆："席时泰有一个女儿叫席珍，当年在上海广播电台歌唱界相当活跃，她差不多可以说是早期广播电台的名歌星。我记得百代公司也有过几张她的唱片，歌也是唱得不错的。吴莺音因为与席珍是姑嫂的关系，所以也经常地跟着跑到电台上唱着客串，这就是吴莺音唱流行歌曲的开始。"②

席珍为百代公司其实只灌过一张独唱的唱片，参考旧百代档案，A面是黎锦光词曲的《女扮男装》，B面是李厚襄词曲的《相思月》，1942年1月1日上市，灌录时间不详，而且是在"丽歌"这个子厂牌发行的。三个月后，席珍嫁给乐师韦骏，

---

① 《歌坛春秋》，第127页。
② 同上。

1942年4月9日《申报》的"宁波同乡会集体结婚启事"中有他们配对的名字。婚后的席珍淡出歌坛，但没有退圈，1944年5月27日《申报》还能见到她为罗曼饭店川菜馆唱堂会的广告，所以即便缺乏席珍带吴莺音出道的文献为证，关华石的回忆依然有价值。

在史料中，"吴莺音"这个艺名迟至抗战胜利前夕才出现——1945年7月17日《申报》，在金门大酒店为八楼百乐厅打的广告云："古典美人吴莺音小姐日夜主唱。"这符合她本人的讲法："一九四五年在上海开始歌唱生涯，至一九六二年退出。"[①]1983年，香港百代为吴莺音推出复出专辑《你们好，我是吴莺音》，媒体造势，有这么一句："她廿四岁的那一年，在友人的介绍下，在上海金门饭店（即现时华侨饭店）作首次登台演唱，不料一鸣惊人，顿成红歌星。"[②]还引得小报文人的侧目："现时'百乐厅'所驻唱的歌星，为璐敏、吴莺音。璐敏歌有根基而貌不扬，而吴莺音貌艳丽，歌则不敢领教，然'百乐厅'之客，多捧吴莺音而弃璐敏，女人一长得漂亮，处处占便宜……"[③]这篇专栏的作者戴了有色眼镜，还鼓励吴莺音下海去当舞女。

祸福相依，在日本人投降的节骨眼上登台，吴莺音吃尽红

---

① 《华侨日报》，1990年1月7日，第24版。
② 《星洲日报》，1983年2月15日，第19版。
③ 《吉报》，1945年7月28日，第4版。

利,也受了委屈。国民党接收上海,清算附逆的工程立刻上马,这里面有民族大义,更多的是利益交换。李香兰最糟糕,如果不是她的旧友柳芭帮她找到出生证明,她就不是遣返日本那么客气了(见NHK纪录片《李香蘭 遥かなる旅路》);周璇和李丽华避走香江,姚莉结婚生子,好多女明星在这一特殊时期合情合理地远离舞台,并非退圈,只是不响。此时,新出道的吴莺音恰好填补了歌坛的留白,而出现在唱片业的留白就不是补药了,而是毒药。抗战胜利之后,上海的唱片业经历了长达一年的空窗期,正如1946年7月24日《时事新报》所载:"提起了唱片,谁都会想到'胜利'和'百代'这两家来,可是在接收后,至今消息沉沦……"亦见1946年8月4日《申报》:"胜利将近一年,大多数的唱片公司都无法东山再起,此刻上海的唱片公司,只剩了大中华、胜利和百代,而胜利是美商的,百代是英商的,我们国商的,仅大中华一家而已。而这三家公司还没有一张新唱片问世。"

参考旧百代档案,小红楼恢复灌音是在1946年8月10日,姚莉灌唱了黎锦光词曲的《哪个不多情》,等到吴莺音来录唱,已经是深秋季节。这一年,吴莺音在上海滩已是红歌星,徐朗的名字也经常见报。1946年5月5日《申报》登的"航海广播电台开幕启事",有他们同台献唱的记录。他们的师徒关系,关华石在《歌坛春秋》中记载:"吴莺音对歌唱虽然没有经过声乐的训练,可是她开始在电台唱就显出她的天才,后来跟一个男歌星徐朗学过一个时期。"①民国文人张亚青写得更具体:"吴莺音,未成名时,琴师徐朗曾为之授歌,吴有咬字含糊之病,徐朗告以如能稍走鼻音,亦藏拙之一法。吴莺音从善如流,乃尽量以走鼻音为原则。"②吴莺音被后世誉为鼻音歌后,显然,徐朗功不可没。他不仅是歌场为吴莺音抬轿子的乐师,还负责灭火。"金门楼下芷江厅恢复音乐后由丽歌大乐队演奏其间,主唱者为吴莺音与菲菲二人。"在张准(张生)的这篇文章里记录了吴莺音辍演的一夜:"近有人在芷江厅点唱,率以身体不舒为辞,而由徐朗代歌焉。"③徐朗应该是1945年加入了黎锦光领衔的丽歌乐队,"去年的春天里,徐朗偶尔遇见了黎锦光,要求到他的丽歌乐队里去客串一番,不料成绩一鸣惊人,这样就在新都正式作洋琴鬼了"。刊登在1946年第26期《上海特写》的这篇文章另写道:"徐朗,有人以为是鼓王徐远的弟弟,因为他俩面目相同,又多是乐队里的鼓手,其实徐朗是浦东人,徐远是菲律宾华侨……徐朗过去是医科学校的毕业生,专攻牙科,不过他生性爱音乐,一天到晚,嘴里吱哩咕噜,指手画脚,在学校里同学多叫他神经病,出了学校后,牙科医院不敢请教他。"

徐朗与吴莺音相识于金门大酒店的芷江厅,张亚青在专栏中记载:"音乐家徐朗,曾从苏石麟处习歌,虽系半路出家,却

---

① 《歌坛春秋》,第127页。
② 《海燕》,1946年第3期,第4页。
③ 《万寿山》,1946年第1期,第9页。

被苏氏称为可造之才。徐朗除从事音乐事业外,在新大沽路设有诊所,参加丽歌乐队作乐工,空余的时间则也跳跳舞。丽歌乐队在芷江厅演奏时,给徐朗发掘了一个新进的女歌手,经过徐朗的循循善诱,歌唱成绩竟能突飞猛进,那便是今日善用鼻音歌唱的吴莺音,少男少女不能接近得太厉害,徐朗跟她在一起,自然也给外间制造了一些流言之类,吴莺音于是脱离了丽歌乐队,然而依旧时常去徐朗的诊所中请益。"[1]除了谁主动回避的差异,一切都很贴合关华石的回忆:"徐朗和吴莺音因为时常接触而发生了爱情,可惜吴莺音已经是有夫之妇,徐朗倒也很有君子风度,爱而未及于乱,徐朗忍痛与吴莺音疏远了之后,还为吴莺音作了一首歌《我想忘了你》。"[2]

这首歌很有可能创作于1946年的秋季,依据旧百代档案,它是同年11月19日灌录的,就词曲作者徐朗以及演唱者吴莺音而言,都是处女唱片,那一年,吴莺音刚满24岁。

2

"我想忘了你,可是你的影子,占有了我的心房;我想忘

---

[1]《铁报》,1946年9月14日,第3版。
[2]《歌坛春秋》,第127页。

了你,可是你的歌声,萦绕在我的身旁;恨相见已晚,又何必相爱,凭添无限痛苦和麻烦,使人伤感;我想忘了你,虽然从此我会,感到空虚和渺茫。"重温《我想忘了你》,很容易代入徐朗视角,他写的是自己的感受,唱的人也清楚,她在演绎自己的爱情悲剧。

徐朗特别紧张。1946年11月27日出版的《星光》周刊记载了一个细节:"吴莺音将演《我想忘了你》,徐朗听后,神经十分的紧张,夜饭忘记达两次之多。"演唱者也够呛,"吴莺音之灌《我想忘了你》,废蜡片达十余张,抵成,吴已精疲力尽……"[1]徐朗把最好的作品都给了她。1946年年底,有小报文人撰稿《徐朗新作〈好春宵〉》,这篇短文总共三段,每段都值得细品。起首写道:"徐朗最近也在作曲了,他在该方面的造诣并不深,不过他与黎锦光严折西常在一起,熏陶既久,小曲写得很不错了。"先解释徐朗能跻身时代曲作家之缘起,有良师,也有发表的人脉。然后揭秘:"前些时有一位先生交给他一首题名叫做《好春宵》的词,要徐朗替他谱曲,现在这首歌他已经写成,据看过的人告诉我,东洋气味很浓郁,听是挺动听的。"那位先生即陈栋荪,从中依稀可推测《好春宵》的编曲也是徐朗完成的。最后预告:"《好春宵》已在百代公司审阅中,也许就要收灌了,如果没意外问题,将是吴莺音的第三张出品的唱

---

[1] 《芜城晚报》,1947年10月22日,第2版。

片。"① 参考旧百代档案,《好春宵》1947年3月13日灌录,是吴莺音为百代灌的第三首歌,当时的黑胶唱片是78转10寸,单面只有一首歌。

同时期,徐朗还为姚莉的《不要想》作曲,为张伊雯写了《上海小姐》的歌词,这两首歌与《好春宵》都是1947年5月15日上市的。徐朗作曲的歌统共就三首,皆为佳作,而且编曲的爵士味道浓得化不开,赛过黑巧克力。

仿佛古龙小说里的绝世剑客,徐朗在时代曲的江湖一闪而过。

求爱吴莺音未果,他改为追求事业,把时间精力都花在自己身上。他有了太太,纠结于如何对外介绍,是叫家主婆?还是my wife?正兴馆主杨嘉祁被他问傻了,在自己的专栏里解嘲:"我事后翻遍古今籍册,始得一好称呼……不妨说:'此乃徐朗之妻是也。'"② 太太是江苏常州人,小报文人有记:"'低音歌王'徐朗,原名'冰农'……华籍乐队领班中,杰美金能唱夏威夷歌曲,而徐朗则以'低音歌王'的一个头衔,与杰美金平分江山。最近,徐朗为了节省开支,已经将他太太送回娘家,他的太太原籍武进,徐朗乘早车恭送太太到武进,当晚即匆匆赶回上海。"③ 杰美金即吉米金,经常会被误解成是1947年

---

① 《甡报》,1946年12月13日,第2版。
② 《风报》,1947年9月13日,第3版。
③ 《铁报》,1948年9月15日,第3版。

杰美金（左三）领班的华人爵士乐队，20世纪40年代末上海留影［郑德仁（左一）供图］

组建第一支华人爵士乐队的领班,其实在旧上海,全华人班底的爵士乐队可以追溯到1926年成立的鹦鹉乐社(1929年的《申报》《民国日报》《图画时报》皆有明确记载),1934年还有黎锦晖统帅的清风舞乐队(见同年《新闻报》以及黎锦晖自传《我与明月社》),甚至徐朗参与的丽歌乐队也是珠玉在前。借摄影家翁飞鹏(黑子)的专栏,丽歌乐队是这样构成的:"自从得识音乐家黎锦光之后,我很快地认识了整个'丽歌'大乐队的队员。其中的中坚分子有严折西、黄耀东、徐朗、严个凡等。尤以徐朗的歌喉,增加了'丽歌'乐队的好评……他的低音歌唱比他的敲鼓来得著名,为人也和蔼可亲。徐朗最喜欢看人家'牙签'衔在口中的姿势,因为借此可以看到人家牙齿的好坏去兜上一次生意。"①

比起打鼓,他更愿意唱歌,尤擅外文歌。"徐朗的西洋歌曲唱来多转折,会耍花腔,比起普通之一直僵僵、呆板板,当然要受听得多。"②又有女歌手去敲他的师门,被小报文人写进专栏:"张露一心要专唱外国歌,近日向徐朗请教,徐之几只拿手歌曲,均将传给她。"③张露(张秀英)即杜德伟的母亲,不仅擅唱外国歌,还嫁了外国人。张露的胞妹晓露(张秀琴)差点与徐朗合灌唱片,当时国商的大中华唱片"鉴于阵容淡薄,

---

① 《风报》,1947年5月14日,第3版。
② 《小日报》,1947年10月16日,第3版。
③ 《风报》,1947年9月10日,第3版。

20世纪40年代末的上海,张露与妹妹晓露在舞厅献唱(郑德仁供图)

竭力拉拢未曾与'百代'签订合同之歌星，第一嘱意于张露晓露"。事情谈妥，张露的一张唱片顺利完成，"晓露唱的是《欢喜冤家》，男声为徐朗，但徐朗要预抽五百张版税，'大中华'坚持三个月结一次账"，事情黄了，"徐朗说：没有钞票，绝不'帮忙'也"[1]。后来，这张唱片请了赋闲的严华来帮忙。

男歌手在时代曲舞台的空间原本就小，多是镶边配唱的角色，徐朗还走了一条更孤傲、艰险的西洋歌路。翁飞鹏笑他是"西人中听"，在专栏里这样写道："（徐朗）被汇中饭店聘为男歌手……几个外国洋琴鬼中，独插进徐朗一个国产嗓子，倒也是给外国人一种讽刺吧！"[2]他在汇中饭店的驻唱故事还有心酸的一页。"某日，徐朗曾作试验，连唱低音歌曲凡三阕，均不获掌声，乃商诸在场女歌手钱英莉，合唱《小放牛》，结果得满座掌声，"翁飞鹏不禁感叹，"如此高等场所尚且欢迎低级歌曲，则难怪徐朗之低音，弄得英雄无知音之地焉！"[3]

让人唏嘘的是，他和吴莺音是真的疏远了。1948年年初，大都会舞厅邀请徐朗的乐队加盟，徐朗想请吴莺音帮忙驻唱，还需要中介传话。传话者即小报文人张准，因为总被周遭视为吴莺音的代理人，他不乐意，在专栏里公告："我常常应了她的嘱托而代她接洽一些事，这是一种友情的帮助并非代理，去年

---

[1]《辛报》，1948年3月27日，第3版。
[2]《风报》，1947年11月29日，第3版。
[3]《风报》，1948年1月6日，第3版。

米高美请她,我是受了徐远的力恳,到这次她应聘大都会,我不过为徐朗传过二次话,徐朗和我谈起这件事的那夜,我喝得醉醺醺地答应了他……公事是徐朗和她直接谈的……"①

吴莺音拿了大都会的定洋,结果放人家鸽子,事情闹大,打起了官司。"吴莺音与大都会的纠纷,廿七日获得解决,大都会坚持非还七千元不可,结果是获得了胜利,但吴莺音只付五千元,是两个中间人各人负担了一千元意外损失,勉强将这件纠纷调排好了。"②吴莺音当初收五千元,大都会以物价飞涨为由加码,中介真心倒霉。即便如此,徐朗与她仍有一次合作。那时上海即将解放,"吴莺音牺牲了新仙林二十杯茶价一天的待遇,自组百代歌咏团,在电台上播唱,所得之利益,只及舞场中一二天之收入,惟最大的收获,就是空气中大量的听众,每日播唱时,点唱电话铃声不绝"。时局特殊,"上海的歌咏团全部停播,如爵士、甜姐儿、蓝天等,吴莺音,亦打算休息,后有人告诉她,还硕果仅存的一家,不停是光荣的,吴莺音好强,便继续下去"③。百代歌咏团是在百代唱片停摆的大环境下另组的,"吴莺音本月十六日组织'百代歌咏团'于每日下午四时至六时在'中华自由'电台播唱,徐朗亦参加……"④

---

① 《辛报》,1948年4月1日,第2版。
② 《飞报》,1948年12月30日,第3版。
③ 《飞报》,1949年5月13日,第3版。
④ 《活报》,1949年3月18日,第2版。

未知电波里是否传出《我想忘了你》的呼喊。徐朗在公开场合唱过这首歌。上海解放之后，欧阳金写专栏回忆："流行歌曲中，我最怕听《我想忘了你》，作曲者为徐朗。去年我和几位朋友举办'新生活夜花园'，徐朗被聘为乐队领班，当时屡次听到他用低音在'麦克风'前，唱出了这支缠绵悱恻的歌曲，我是被这歌感动得流泪的一人。我曾经在'大都会'看到一位小姐，唱《我想忘了你》时，竟'触情生悲'，而晕倒在乐台上。"①

他们挥别的不只爱情，还有时代曲。

吴莺音转唱了一段辰光的越剧，水土不服；徐朗则是彻底归隐。据严半之回忆，抗美援朝之初，徐朗受严折西鼓励，参军做了牙医，后半生干回老本行。严折西也是，改为儿童书绘制插图。

20世纪80年代中后期，徐朗是严家的常客之一，90年代则很少出现。1993年年底，严折西过世，没有特别通知徐朗，严家只在《新民晚报》的中缝登了讣告，徐朗的故事结局不明。

1997年的春天，如果徐朗健在，出门的时候或许会撞见路边响起他写给吴莺音的情歌。当时的上海，满大街都是音像店，实体唱片业兴盛，流行歌曲又回到了爱情主导的黄金时

---

① 《活报》，1949年6月1日，第2版。

代。徐朗是否听见呢,有一位宝岛男歌手正与他的缪斯对话:"不怨不悔,难有相同的感情给谁,对与不对,由时间体会,谁不是这样以为,骗自己忘了无所谓,却事与愿违,往事轻叩我心扉。"

B
面

B1. 送他一朵玫瑰花（part 1—3）

　　黎锦光的后半生就像一本复写纸——上海牌，双面蓝色，薄型16开，垫在黑胶母版与空白磁带之间。

　　1907年生于湖南湘潭，1993年在上海去世，数学层面上，他的后半生应该从1950年算起。而在此之前，他创作了大量的情歌，专注和黑胶谈恋爱。旧上海出的时代曲唱片，标准是78转、10寸、每面一首歌，作为词曲作者，有他署名的唱片将近两百面，他在英商百代公司供职十余年，经手的唱片品种数以千计。1952年以后，所有这一切都封存在中国唱片厂的版库，时代曲以及作为时代曲作家的他进入冬眠。

1

他的改变始于1949年3月。起因是:"英商电气音乐公司(百代唱片公司)最近因订单减少,据称损失颇巨,拟解雇工人六十七人中四十八人,职员卅人中十人,每人按二月份指数发给遣散费三个月,工人则要求按照三月十五日指数计算。"①这则社会新闻也见诸《申报》:"公司方面认为数目太巨,未允所请,发生纠纷。此事顷经社会局调解,社局将调阅该公司账册审查,如确系蚀本,准予解雇,如收支尚能相抵,则不许解雇,以免增加社会不安。"②

简单来说,黎锦光面临失业,和其他同事一样,他已经接受了这个无奈的事实,但是大家对于三个月遣散费的计算标准有分歧,当时上海的物价飞涨,二月和三月的指数差距悬殊,劳资双方僵持,事情闹到了社会局。

这不是黎锦光第一次被百代解雇,抗战胜利之初,有过更惨烈的一回清退:"英商电气音乐公司(即百代公司),于卅四

---

① 《立报》,1949年3月8日,第3版。
② 《申报》,1949年3月8日,第4版。

年十一月曾将该公司员工一〇三名全部解雇,嗣该公司复业,复将解雇员工任用,近来因该公司所出唱片,在南洋一带销路不佳,无法维持。"① 听《申报》这意思,上海百代的停产并非出自恐惧,应该归咎于南洋市场的溃败。

答案应该综合考量。

日子难过,黎锦光回家还要看老婆白虹的脸色。他们当时住在天平路国泰新邨,八年前,严华和周璇同居于此,这对大明星闹婚变的时候,抢新闻的记者被热心邻居当瘟生轰出去,"在无可奈何的情况下,辞出了十二号走向前弄(因为严华的好友锦光先生是住在四号里的)"②。

现在轮到黎锦光了。"白虹和黎锦光这一对夫妇,过去一度就闹过离婚,但最后经过朋友们的劝解,总算言归于好。可是环境使他们夫妇间最近又起了裂痕,因为黎锦光自去年百代公司解散后,收入锐减,白虹为了维持生活,又不得不重出演戏。一对夫妻共患难确亦不是件容易的事,于是吵吵闹闹,感情一天不如一天,最后,双方到了不可融洽的地步,各愿脱离同居,于一月廿四日正式登报声明。"③

查阅上海1950年1月的几份主流报纸,甚至可以在《新闻日报》1月25日第2版偶遇吴莺音与吴仲明的结婚启事,唯独

---

① 《申报》,1949年3月8日,第4版。
② 《严华周璇婚变特刊》第四号,1941年7月5日,第3页。
③ 《青青电影》,1950年第18卷第3期,第1页。

黎锦光、白虹夫妇于20世纪30年代留影（黎泽荣供图）

不见黎、白的分手声明。不过《青青电影》登有副本，全文如下："脱离同居关系人：黎锦光、白虹。兹因双方意见不合，自愿脱离同居。特登报声明为证。"①他们并非合法夫妻，就连共同的熟人丁悚也说："似未曾行过正式典礼，惟双方确曾订过婚约，当时且有一订婚印戒为证。"②

离开黎锦光，也离开上海，白虹回北京发展，后嫁话剧演员毛燕华。黎锦光的新太太名叫祁芬，原为他家保姆。祁芬的母亲曾是京剧名家孟小冬的保姆。据国泰新邨的老住户冯艾弥（作家徐訏的外甥女）回忆，她在改革开放初期见过黎锦光的这位岳母，从香港回沪探亲，在天平路住了一段辰光。

黎锦光选择留守，应该是期望唱片公司能重启。上海解放后，美商胜利公司的厂房设备因为中美敌对，全部充公。英国于1950年1月6日承认新中国，是最早承认新中国的西方大国，上海市政府对于英商的态度自然比较客气。但是百代消极停摆，英商无意开工，只想把机器设备拆除，厂房腾空，然后出租给其他公司作为仓库。这使得黎锦光这些百代职工生计艰难，总工会指导他们成立了"复工委员会"，派出代表与留守英商代表彭生（Benson）交涉，并向华东工业部请愿，这些都见诸旧百代档案。还有一份百代全体职工写给彭生的请愿信，

---

① 《青青电影》，1950年第18卷第3期，第1页。
② 《四十年艺坛回忆录：1902—1945》，上海书店出版社2022年版，第400页。

日期是1950年8月14日，另附一页，干保康、严折西、黎锦光、沈鲤庭等员工在上面签名。

黎锦光晚年回忆："失业后，到上海电台工作了一段时间。"[1]1950年，电影技术专家颜鹤鸣找到黎锦光，想开一家唱片厂，要他组织人来办。"生产唱片需要的原料主要是：黑碳、树胶、蜡，那时都十分紧缺。当时百代公司剩下的物品和机器都由国家封存起来了，材料和机器都没有。据有经验的老工人说：氧化铁也可以用来做唱片，我们就试试看，实验之后觉得也可以，就是唱片的分量重了一点，颜色是红色的。我们用老胜利公司的机器，用自己试验的新材料生产出了'红唱片'，公司就简称'红唱片厂'。公司开办时，正好贺绿汀来上海了，我们就请他做指导。我在编辑部的音乐组工作。1951年，生产出一批红唱片，我进红唱片厂时，算私方代表，给我800个单位，折合成人民币是每月280元。"[2]氧化铁的材料偏硬，唱针搭在红唱片上面高速一转极易磨损，红唱片厂也是，寿命很短。颜鹤鸣在公私合营之后的第一波运动中落马，没有波及黎锦光。而华东工业部的代表、百代"复工委员会"的代表经过与百代英商近一年的谈判，于1952年1月5日签订了厂房和设备租赁合同，在百代公司的原址上建立了华东工业部上海唱片

---

[1]《黎锦光采访记录及相关说明》，《天津音乐学院学报》2013年第1期，第68页。
[2] 同上。

公司。依据中唱档案,这家公司于同年3月15日开工生产,唱片品牌为"中华",商标图案为天安门和华表,黎锦光是员工之一。他本人的回忆是:"在那里做音响导演。"[①]音响导演即录音师,这个概念来自苏联。

重访旧百代小红楼,在三楼展厅可见黎锦光在录音棚担任音响导演时的一张留影,时间应该是20世纪50年代末,那时候,他上下班进出的衡山路811号,门口的招牌已经改为中国唱片厂了。

2

1957年不太平,黎锦光侥幸,还在乐坛大出风头。《送我一枝玫瑰花》是他后半生唯一有全国影响力的新作,为什么会在这一时期谱写这样的舞曲,他晚年接受采访,说得很含糊:"《送我一枝玫瑰花》是我在1957年年底、1958年年初改编的。当时音乐界提倡搞轻音乐。我找到了这首新疆民歌,感觉这个曲调好编,因为它是小调性的。"[②]实际情况与援建的苏联专家

[①] 《黎锦光采访记录及相关说明》,《天津音乐学院学报》2013年第1期,第68页。
[②] 同上,第69页。

有关。2021年年底，据百岁老人郑德仁讲，当年在上海工作的一批苏联专家抱怨娱乐生活匮乏，市领导特批，在茂名南路的文化俱乐部定期为他们举办舞会，为此还成立了上海轻音乐管弦乐团。郑德仁入选，拿出以前在旧上海舞厅工作的热情，他记得黎锦光来看过轻音乐团的演出，改编《送我一枝玫瑰花》属于搭了东风。随着市领导在1958年2月调任，舞会随即停办，黎锦光所谓的"提倡搞轻音乐"也退出了历史舞台。

1958年3月23日，上海市音乐家协会举行座谈会，商谈如何肃清黄色音乐的问题。"邓尔敬、黎锦光、顾翌发言中指出，批判黄色音乐一定要和群众音乐运动结合起来进行，过去仅在刊物上批判，很不够。今后必须利用一切工具，展开批判活动。"[1]

《送我一枝玫瑰花》相当神奇地传遍中国大地。黎锦光晚年说起它来难掩得意："我用了探戈和伦巴这两种节奏来编写——前半节是探戈节奏，转调之后的后小节是伦巴节奏。'上海之春'用这首乐曲做节目，得了一个满堂彩。后来就录音，灌唱片，行销……"[2]

这样的作品，黎锦光只写了一首。回到单位，他埋头做幕后，尽量与陈腐的过去保持距离。新的提倡来了，对一个醉心创作的音乐家而言，是技痒，更是表态，他追求进步，为老报

---

[1] 《文汇报》1958年3月25日，第2版。
[2] 《黎锦光采访记录及相关说明》，《天津音乐学院学报》2013年第1期，第69页。

上海轻音乐管弦乐团全家福［郑德仁（第二排左一）供图］

人徐尔稼的歌词《丰产卫星满天升》谱曲，这首歌在1958年灌了唱片。

20世纪50年代末，小红楼空降来一名部队转业的干部，是黎锦光的上级领导。胡逸尘，本名王德惠，1925年生于上海，1941年参加新四军时给自己取了这个化名。上海解放，胡逸尘在二十军的文工团担任指挥，在乍浦路的解放剧场演了几个月的《白毛女》，后来随二十军抗美援朝。1951年以"调干生"入中央音乐学院学习，毕业后被分配到北京的总参谋部军乐团，担任大队长。胡逸尘回上海的过程相当曲折，先去中央人民广播电台对国外广播部，负责对法国广播，随后广播电台文艺部唱片编辑小组在上海成立，缺少党员，领导安排他入职新成立的中国唱片社，与黎锦光搭班子。

依据中唱资料，中国唱片社组建于1958年6月，专门负责节目的编辑录音，即唱片的出版社。由此，中国唱片厂变成专职生产的工厂，要跟着唱片社的节奏办事，地位降低，埋下了一些矛盾。

胡逸尘虽是革命军人出身，对旧上海色彩的黎锦光非但没有偏见，反而特别赏识。胡逸尘的长子王珂，在家里听父亲讲过黎锦光的好多荣耀事迹，胡逸尘晚年自费印了一册小书，取名《岁月留声》，将近一半的篇幅在描绘黎锦光。

王珂对黎家伯伯最早的印象是1964年的冬天。当时他6岁，其父与黎锦光要去北京出差一个月，他因为母系亲戚皆在北京，便一道上了火车。记得是坐卧铺，经过南京还要摆渡，黎锦光跟王珂同车厢，讲一口带湖南口音的普通话，小孩子不容易听懂。到了北京，黎锦光的女儿黎南洋来火车站接，还请大家去前门吃热气腾腾的肉包子。

小时候，王珂经常乘26路，一毛钱车票，从家附近坐到天平路衡山路，下车走到中唱，对门卫讲，寻胡逸尘——其父随后出来接他。那时候胡逸尘和黎锦光在小红楼的三楼办公，不是一个桌子面对面，就是两个桌子背对背。中唱原副总编辑陈建平代劳，向唱片社的老翻译史济华求证，史老说，黎、胡的办公室位于三楼，部门叫"音乐组"。王珂说，上到三楼，右手边那间，办公室很气派的，有一架风琴。当时，小红楼东面有一个亚洲最大的录音棚，20世纪末拆了，改为公共花园。"文革"之初，王珂还能隔着巨大的玻璃看黎锦光指导录音，灯一亮，里面开始工作，乐队和歌唱家同期声，没有剪辑技术，全凭真本事。

灯暗了，唱片社停止运转。1969年左右，胡逸尘下放去了最苦的碳黑车间磨碳粉，后转密纹车间，都是最闷热的地方。而先前受他保护的黎锦光，则拖着重重的板车做保洁工。老爷子晚年轻描淡写地说起这段时光："没挨过打，身体并没有受到什么冲击……每天反省，写回忆交代材料。由于我每天要打扫洗澡间，因此我每天都可以洗个热水澡。"[1]在中唱的浴室洗澡

---

[1] 《黎锦光采访记录及相关说明》，《天津音乐学院学报》2013年第1期，第69页。

胡逸尘与儿子王珂1964年北京留影（王珂供图）

那是非常之痛快,水特别大,而且很烫,据80年代入职的丁夏(老画师丁悚之孙)说,唱片厂压制黑胶用到的高压蒸汽源自隔壁的大中华橡胶厂,通过又粗又大的输送管道,洗澡也属于沾邻居的光。在浴室,还有另一份福利等着黎锦光:"唱片厂的一位老工人(他是一位花匠,名字叫严福祥),每天给我泡好一杯茶,放在很高的窗台上,我要站在椅子上去取茶杯。"①重体力劳动对于一位六旬老人来讲虽然很苦,但是他不舍得这份收入。"每月工资只有50元,全家有四口人,要靠这点钱生活。不够的时候就靠卖东西、借钱度日子。"②

在陆晓幸的记忆里,黎老极少向外人诉苦。

3

1970年,对黎锦光来说是亦悲亦喜。他被强制退休,最痛苦的莫过于收入锐减;也是这年,胡逸尘给他介绍了一个好徒弟。

拜在黎锦光门下,陆晓幸无疑是冒了一点风险的。他当时

---

① 《黎锦光采访记录及相关说明》,《天津音乐学院学报》2013年第1期,第69页。
② 同上。

服役于海军的部队文工团，由于欠缺作曲基础，跟着母亲的老战友胡逸尘学过两年。特殊时期，环境严苛，除了学习样板戏，几乎接触不到西方音乐以及相关的资料。胡逸尘因为是老革命，有一些书能借给陆晓幸。但是，有一天他告诉陆晓幸，你进步太快，应该找一个更好的老师教。

天平路国泰新邨43弄4号1楼，这个地址陆晓幸不会忘记。恩师家里，进门有个小门厅，对面是厨房，右边卫生间，左拐客厅，再往左是卧室，客厅与卧室之间属于半隔断，有个拱形的门，可以拉帘子，卧室南面是个内阳台布置成的书房，那是黎锦光常去的地方。房子条件不差，黎泽荣说，有二十多平方米，卧室和客厅是连着的，平时进去能看见床和阳台，如有客人来，就会把卧室和客厅用布幔隔开。黎泽荣之父黎锦晖是中国流行音乐的奠基人，也是一手将黎锦光带上歌舞之路的二哥。

黎锦光退休之初，黎泽荣下放在黑龙江，回沪探亲时偶尔会去看黎锦光。据他说，黎锦光家里其实一直很困难，经常到他家蹭饭，来前总是打公用电话预约，其母用湖南菜招待。在国泰新邨51弄的弄口，冯艾弥说，此地以前有一个传呼电话亭，附近的居民都过来打电话，黎家伯伯也是的。在她的印象里，黎锦光挺可怜的，保姆太太对他并不算好，经常能看到他在水斗洗菜，而且老先生相当有趣，洗菜的时候还戴着手套，仿佛会弄脏了他的手。有一次，冯艾弥问他，黎家伯伯，你洗

黎锦光与长子黎天旭20世纪60年代末留影（黎天旭供图）

菜为啥还戴手套啊。他笑笑，说，这样就不冷了。

整个70年代，陆晓幸每周去国泰新邨上一堂作曲课，后来改为有事或有新作品才登门请教。传业之余，他们也会聊天，气氛稍许宽松，黎锦光讲过不少自己求学时候的故事。怎么学西洋音乐的——从苏联十月革命谈起，那些白俄难民逃到上海，其中有顶尖的音乐家，他们要吃饭，教学生是最体面的办法。黎锦光上门听课，一次收一块大洋。

在黎锦光的前"明月社"同事聂耳的日记中，也有向外籍教师求学的记录："一吃完饭就跑去汇山路找教员。还是那老妇人来开门，她指给我往楼上去，上到半楼梯时便听见有violin的声响，我随着找去。他（普杜什卡）正在教着两个外国学生，我进去时他招呼我坐在旁边。"① 在这本日记里，黎锦光绰号七爷，是一个飞扬跋扈的角色，某些方面，与我从旧上海史料里读到的黎锦光是相似的，但是与我通过采访他的学生、同事、邻居那里获取的印象大相径庭。如此反差，就像是在听穆索尔斯基《图画展览会》对两个犹太人的不同刻画，我相信，那都是真实的黎锦光。

作家淳子说，黎老细高挑，白净，经常看到他走路来上班，走进衡山路811号的大门，穿过一棵高大的玉兰树，走进现在唯一幸存的这栋小红楼，他就连走路都那么小心谨慎，仿

---

① 《聂耳日记》，第154页。

佛害怕踩死一只蚂蚁。丁夏说，他非常客气，感觉很和蔼，那种老人看见孩子的和蔼，一直面带微笑，但是话很少。冯艾弥说，黎家伯伯很客气，很谨慎，不跟邻居多搭讪的。陈建平说，他在世的时候我对旧上海歌坛一无所知，几乎没有交流，非常遗憾。

这应该是他磨炼的生存技能，如同夜里停电，点上一支蜡烛，视线变得昏暗、闪烁，瞳孔渐渐适应，之后，哪怕蜡烛熄灭，他也可以安全地在屋子里踱上几步。

1979年，他的领导胡逸尘在车间里苦熬出头，回到唱片社的编辑部，算是恢复工作。单位的名字也改了，从"中国唱片社上海编辑部"改为"中国唱片上海分社"。

黎锦光与有荣焉，作为退休员工，经常回中唱兜一圈。他不是去闲聊的，虽然他的表现时常给大家这样的感觉，他主要是为自己新写的曲子定和声——厂区某个楼面有一架废弃的钢琴。黎锦光家里原本是有一台钢琴的，但是陆晓幸认识他的时候，那台钢琴已经不见了。有一次，陆晓幸在上课的时候说起他们部队的走廊里堆满了钢琴，有些甚至拆了板子做家具，黎锦光问学生能不能帮忙领一台。陆晓幸颇有一些为难，但他回去以后的确曾请示领导，只是未获允准。

黎锦光曾经以为，问日本的唱片公司要一些版税可以改变这种局面。1979年，借助一封信，他辗转与李香兰、服部良一为首的日本友人恢复了联系。

B2. 陈歌辛的版税悬念

杨涌先生是沪上收藏时代曲老唱片的大家,他读了拙文《黎锦光的日本之行》,对黎锦光与日本胜利唱片(ビクターレコード)的版税疑云颇有共鸣,因为在他保存的几组名人信札里也记录了类似悲剧,在另一位时代曲大作家陈歌辛的身上。

我有幸翻阅杨先生的这批藏品,超过一百五十件,包含陈歌辛在白茅岭农场改造期间写给妻子金娇丽的几十封家书(内附未发表歌曲手稿若干),以及金娇丽在20世纪七八十年代写给李中民、李香兰、姚莉、龚秋霞等时代曲明星的书信底稿。这些底稿有不同程度的修改痕迹,信中的金娇丽,是我研究时代曲以来见过的最为坚毅的女性。她在丈夫早逝后独自抚养四个子女,只靠一份上海电影乐团抄谱员的薪水决计不够。自1973年,为追讨陈歌辛在港台地区以及海外的版税，她给境外友人写了许多信，时常提及自己一身是病、债台高筑，是诉苦，也是为了争取对方的援手。可是，无论他们如何推进，那笔据说存在百代香港公司的五十万港币版税就是岿然不动。在上海人还在吃大锅饭、月薪几十块人民币的20世纪七八十年代，五十万港币堪称巨款。金娇丽执着于此，还有一点为亡夫平反之意，所谓"悬念"，也是悬着的一些念想。1978年，陈歌辛终于"摘帽"，金娇丽在给友人辛上德的信中写道："至于我个人，我同样也为局势清朗而心情舒畅，决心想把歌辛的版税事，不论成败得失，弄出一个结论，以了此悬念。"

1

要厘清陈歌辛的版税悬念，最好是从1946年讲起。抗战胜利后，陈歌辛被国民政府抓捕。他一生三陷囹圄，这次最快出狱，随后举家赴港。后世对陈歌辛在抗战时期的部分文艺工作有心结，提到他的这次南下，容易打上一个避风头的标签。但是在杨涌先生收藏的一份为陈歌辛平反的申诉材料里，陈氏家属是这样解释的："1946年总理来沪与国民党谈判时，陈歌辛同志在李丽莲同志的帮助指引下，赴港参加革命工作。在夏衍同志的直接领导下，为进步电影作曲，做了不少好事。解放后又毅然回到社会主义祖国，这是爱国的表现。"这段内容，在歌影明星李丽莲的部分小传里有一些回声，缺乏佐证。假设属实，陈歌辛就成了左翼进步人士。

无论如何，随着新中国的成立，陈歌辛重返他赖以成名的文艺阵地上海。金娇丽在1979年11月给姚莉的信中写道："1950年我们从香港回祖国后不久，就接到李厚襄来函告知，《蔷薇处处开》和《玫瑰玫瑰我爱你》这两首歌曲在国外有大量数字的版税可取，当时没及时领取，此事一搁即三十年了。"

同为时代曲大作家的李厚襄，面对政权更替，走了与陈歌辛完全相反的一条路，果断走那条路的时代曲明星还有姚敏姚莉兄妹，以及李厚襄的胞弟李中民。

李中民正是打开陈歌辛版税魔盒的那个人。1970年6月16日，身在香港的他给金娇丽写信，信的原件后来被金娇丽当作旁证寄去香港，上海这边只存了抄本，全文如下：

陈太太：

　　未曾通信将有廿年，近况如何，甚念。去岁厚襄曾将歌辛先生之委托书，来敝公司登记歌曲，并托代版税，如数寄上与你，现在正在展开调查，有多少歌曲被人使用。

陈歌辛（左一）旅港时期与周璇合影（摄影：佚名）

现我五月份已收得一处版税,计廿五元四角港币,先行汇上,以后每六个月汇上一次。目下有一家日本公司用了歌辛先生作品甚多,想赖版税,弟曾往对方律师楼交涉,彼方云歌辛先生已去世,委托书已无效。弟为此与敝公司董事长相商,附上委托书两份,请即签就寄下,以便进行追讨工作。因弟知如果全部版税能追到不下千元,同时我们亦将向百代追讨,则数字将超过万元也,将来收到版税,或分次汇下,或由令亲朱先生会同汇出,或由厚裹会同汇出,请你指定可也。来信请寄香港九龙尖沙咀星光行1112室柏灵顿音乐出版公司弟收可也。

此倩

近安

弟

李中民启

六月十六日

李中民提到的令亲朱先生,即朱文清,金娇丽在1974年给辛上德的信中写道:"请你替我向她们了解一下朱文清(歌辛之侄)的地址,他和歌辛在港相处多年……"参考姚敏友人"纸飞机001186"在百度姚敏吧的留言,李中民本叫李厚裹,李家幼子,除"中民"外,还有"藕笛""候笛""沧浪""清心""西门"等笔名。查阅文献,李中民多与唱片业打交道,譬如:"抗战胜利后,孔雀唱片公司恢复了大中华唱片厂的名称,由中国资方李中民管理,但未能开工生产。"[①]黄霑的论文《时代曲南来香港》对他评价不低:"(香港)新唱片公司中较著名的是'大长城'。这是南来的沪上作曲家李厚襄和他的弟弟李中民创办的。'大长城'在成立初期,刚好填补了上海唱片公司停产空出来的市场,成绩颇有辉煌。"

这封信的来意很清晰,要拿到金娇丽作为陈歌辛遗孀最新签署的版权代理授权书。廿多年音讯睽隔,李中民突然提出这种要求,无论理由多漂亮,总得拿出一点诚意,他寄上了所谓五月新收到的一笔版税廿五元四角港币。

抄本的底下有金娇丽的批注:"此信系李中民于1970.6,合另一信9.18刚寄来沪,并附两份授权书,我未回信。"9月18日并非这封信寄到上海的日期,而是李中民第三次给金娇丽写信的时间。那封信也有抄本:

陈太太:

这是第三次寄你的信,因为地址不对,连退两次,请你收信后即覆一信。因为在新加坡已收到了陈歌辛先生之版税约有港币四百元,是新加坡国家电台唱片公司付出来,因为住址不详,所以我不能向新加坡收取,以免耽搁

[①]《广播电视史料选编》之七,北京广播学院出版社1989年版,第16页。

在港无人收取也。

　　此倩

近安

　　　　　　　　　　　　　　　　弟

　　　　　　　　　　　　　　李中民启

　　　　　　　　　　　　　九月十八日七〇

　　这次诚意十足，只要金娇丽回信，就能拿到港币四百元。金娇丽动心了，回信的时候字斟句酌：

李先生：

　　来信收到。

　　近年来健康状态较差，蒙政府及领导关怀，经日在家养病。

　　您信中所提到的版税事，尤其是要与外国公司交涉，同时要由我出面签订委托书，我觉得有些不妥，希谅解。

　　有两点建议请考虑，一、目前收到之版税，请存你处。二、有些税款如需奋力交涉，就不必多劳神了。

　　版税之事给您添了不少麻烦，颇感不安，只能在信里表示些微感激和歉意。

　　祝

安康

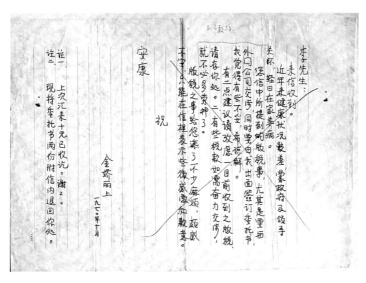

金娇丽回信底稿之一（杨涌供图）

>   金娇丽上
>   一九七〇年十月
>
> 注一：上次汇来十元已收讫。谢谢。
> 注二：现将委托书两份附信内退回你处。

这封信她并未寄出。底稿清晰可见被打了一个巨大的"×"，顶上有铅笔写的"不敢搞"三字。局势不够清朗，但是版税的诱惑太大，两年后，她涉险另写了一封信：

> 李先生：
>   来信早已收到，因病迟复为歉。
>   我们生活尚好，谢谢您的照料。
>   关于先夫前存您处之款，若便请寄来。
>   令兄厚襄和文清先生的地址，我已忘却，请代为向他们致意问候。
>   顺祝合第
> 健康，一切安好。
>
>   金娇丽书于
>   1972.4

她这是明讨四百港币的版税。可是李中民后来的回信日期是1973年1月底，中间有惊人的九个月间隔，原因可以在她

1973年8月12日给友人辛上德的信中找到："由于李来信，正值文化大革命中（70年），我觉回信不妥，因此搁置了两年多。七三年一月我才回信……"

李中民的回信现存金娇丽的抄本：

陈太太：

　　你的来信今天收到，去年柏灵顿皇家音乐出版公司曾为歌辛先生作品之法律问题请教过律师，在四月份世界唱片工业保障协会在香港开会时，我也问过英国总会之法律顾问，但是没有下文。现在接得你的来信，我已把原信寄与柏灵顿董事长，叫他尽快回复，如果可以的话，我会把合约再寄一份与你，由他向百代交涉版税，这是一笔很大数目。而中国的各唱片公司，我会分别通知，叫他们来付版税，虽然数目不大，但每年也有数百元可收也。总之只要董事长认为符合法律程序，我决会全力支持你的，敬请放心，现在香港柏灵顿由内人兼理，没有多大问题。

　　此请

新年快乐

家兄厚襄嘱代候

李中民字
一月卅一日七三

李中民在信中表现得很天真，他想从中国内地收取版税，仿佛陈歌辛（戴"帽"已十六年）的那些"黄色音乐"还在内地发行。李中民的妻子何露（名字出现在李写给徐德明的一封信中）当时任职于柏灵顿皇家音乐出版公司（Burlington-Palace Music Orient Limited），在文献里几乎没有印记，可能是一家借了外国招牌的夫妻皮包公司。

2月27日，金娇丽回信："不知'柏灵顿音乐出版公司'经您交涉后可有下文？其他方面可有少量版税交付？甚念！即使小数目，对我目前的经济状况都是必需的。"此时的金娇丽应该生活非常窘困，讨债的声音力透纸背，无畏而坚定。耐人寻味的是，她那声呼喊，李中民不到一个礼拜就听见了，回信落款是3月5日，推测当时沪港的邮政，南下远比北上（慢时几乎一个月）通畅。这封回信也只有金娇丽的抄本：

陈太太：

你的来信刚收到，恰巧家兄厚襄亦在，上星期柏灵顿要员都在香港，可惜你的来信迟了五天。为了歌辛先生作品公司方面曾向英国版权协会询查法律问题，回信是"在国内作品，均无版权。"但是厚襄在香港之作品，都有版税收取，所以我想凭这一条尚有办法补救。以前大长城时代之作品，有好多公司灌用，照例应当可以收取版税，所以为造成既成事实计，我当于最近设法嘱人灌几曲歌辛先生在港作品之旧作,向柏灵顿交付版税,同时附上授权书一纸,请签就寄下,明天会另函寄上合约,谋事在人。希望柏灵顿肯接受登记,方能有版税之保障也。

　　此请

近安

李中民字
三月五日

　　来自新加坡的四百港币版税迟迟不给,假设李中民是骗子,那么他的这封来信可谓图穷匕见,他要版权代理授权书。除了继续相信,金娇丽别无他法。3月15日她的回信写道:"您寄来的授权书,我已签就并寄上,希望能有所进展。"随后的三个月,通信继续,却未提及版税。金娇丽在静候佳音的暗潮汹涌之下,差遣李中民当一名免费的香港代购。李中民在4月25日的回信里附了治疗关节炎的药片,又推荐名为 Deep Heat 的药膏。这封信因为无涉版税,被金娇丽留在身边。收到药物后,她在5月16日的回信里感激道:"药膏要是方便也请寄来。据说有种治疗类风湿关节炎疗效很高的名叫'三蛇胆'的药,不知你处可有出售?若有望代买之。"接着笔锋一转,切入正题:"上次随信寄上的授权书,不知可有下文?甚念!希望能将交涉情况告诉我,如有困难,是否另有途径请关照。谢谢!"

　　李中民的确遇到了困难。回信如下:

TO WHOM IT MAY CONCERN

I, Madam KING CHIAO YEN (金姣艳) widow of Mr. CHEN
KO SING (陈歌辛) who was a composer of renown,
authorise BURLINGTON-PALACE MUSIC ORIENT LIMITED of
1112, Star House, 3 Salisbury Road, Kowloon, Hongkong
to register all of my late husband's compositions and
to collect all royalties due from past, present or
future use made of these musical works on my behalf
and to dispose of such monies collected as we have
agreed.

No person, firm or international organisation has any
rights to these works except BURLINGTON-PALACE MUSIC
ORIENT LIMITED, whose permission should be obtained
before the said musical works are used.   Mr.
(   ) witnesses my signature as under.

_____
                  (Madam   )

Witnessed by:

_____
(Mr.   )

                  Date _____

hn

李中民寄来的授权书错将"金娇丽"写成了"金娇艳"（杨涌供图）

陈太太：

五月十六日来信收到，近来心情甚劣，家兄五月初曾入医院一次，而现又入了医院。病况据医生说甚为严重，腰子不能起功用而且血液只有常人三分之一（五月份曾输了两次血）。现在只有政府医院之设备尚可勉医，必要时要送台北就医，所以弄得我寝食不安。

来信中三蛇胆是药酒，恐怕无法可寄，而且蛇胆是医眼睛，而不是医风湿，现只能邮包寄上药膏一支，是外搽用的。歌辛先生之版权事，俟我心境略好当为办理。

此请

近安

李中民

六月廿八日

1973年7月14日清晨五时许，李厚襄去世于九龙伊莉莎白医院[①]，这恰巧也是金娇丽回信的日子：

中民先生：

接信后知厚襄兄病情严重，至为挂念，厚襄兄是歌辛当年故交，此时此刻我的心情是和你一样的。版税之事容当暂缓办理。

---

① 《新明日报》，1973年7月22日，第5版。

巧的是近有朋友辛上德即将去港，他也是音乐界人士，在港也会留一段时间，所以我托他来你处了解交涉情况，如蒙抽空接待，则感激不尽。

厚襄病情是否好转？请代问。

此致

近安

金娇丽书于
1973.7.14

这封信的底稿留有"彭金河　侨务组　外事处　每星期三"的字样，想来金娇丽当时已有前往香港解决问题的准备，彭金河应该是涉外机构的员工，每周三方便找他帮忙。可惜赴港之事落空，与此同时，金娇丽一直在等李中民的音信。她在李氏来信的抄本的末尾批注道："以上三封信于七三年寄来，以后无下文。"久等无果的她，那个念头的声音越来越响——自己好像上当受骗了。

2

1973年夏，陈歌辛之友、作曲家辛上德移居香港（那里有他的直系亲戚）。金娇丽后来在1974年11月写给辛上德的信中透露自己夜访之前的忐忑内心："虽然歌辛在世时我们曾有过交往，但以后由于种种原因，已是十几年没有往来了。您临行前我鼓足了勇气来找您，您虽然一口答应，我还是将信将疑。"

与李中民通信的这半年里，金娇丽连一分钱版税都没拿到，她已经起疑了。在上一封写给李中民的信中，她委婉地表达了这层意思："托他来你处了解交涉情况。"1973年8月1日，辛上德给金娇丽匆匆回了他抵港之后的第一封信，内容简短，道歉占了一半，为回复之迟，为行前不曾与陈钢夫妇道别。涉及版税的只有这部分："李厚襄在我们到港前已去世。版税之事不能随便委托他人办理，港地人情淡薄，社会非常复杂，还好我在港地有不少很有地位的朋友，都是父亲或者哥哥的好友。因他们是有地位，去见他们，尤其是委托他们给你办理版税之事，就不能过急，得慢慢来，总之一有眉目我就会去信详告。请耐心等待一个时期。"

同月12日，金娇丽回了一封长信，过半篇幅是在追溯她与李中民的书信往来。"此后情况就愈来愈不妙，从一场千元、万元的收入逐步化为乌有，这里面原由我也实在搞不清楚，看来最清楚的还是李中民（李厚襄已死）……"她写到这句的时候，明显带了情绪，"对于李厚襄我还有所信任，对李中民，我就很不了解了"。又可见内心之矛盾，一方面说："我的事你也不必过分挂在心上。你还有你自己的事要办。"另一方面洋洋洒洒写下更多嘱托，信末又添了一长段备注：

> 歌辛作品，皆为解放前之旧作，在香港百代公司、大长城唱片公司等所录唱片。
>
> 作品名字大多是用笔名。当时歌唱者是演员龚秋霞、陈娟娟等人，若能遇到她们，约能告知（长城影片公司）。

信寄出三个月回音全无，按捺不住的金娇丽于11月19日又补了一封："您在港不知是否居半年左右，然后去马来西亚，现在已经过去将近四个月，我不免有些着急。"她担心的是："我给李中民的亲笔合同，不知他会作什么用途？自他哥哥李厚襄过世后他从未来过信，我很不放心。"她说了许多设想，归根结底："我是否能索性委托你办理？这样可以使我安心些，当然对你不无麻烦。"

辛上德的回信让人读了七上八下。先是安慰："如果我返马手续办妥也不要紧，为将你所托之事办得有些结果（无论成与否），都会给你一个详细答复。"再泼冷水："港地是个十分复杂尖锐的环境，大大小小的骗子无奇不有……您给李的弟弟的亲笔合同，看来太轻易相信其'弟弟'了。"第二个弟弟多了引号，辛上德似乎假设了两种骗局：一是李中民行骗；二是有人冒充李中民行骗。信末，他承诺："您的事该如何进行和办理，待我们和律师研究后，再告诉您。"

这封信没有落款时间，应该书于1973年11月底，因为金娇丽的后续回信发生在12月6日。信中，她补充了版税悬念之缘起："1950年回国前夕歌辛曾拜托李厚襄代收香港百代、大长城等唱片公司版税。'文化大革命'前夕李厚襄来信，请我们找百代公司会计汪小姐收取版税，当时因经济上无此需要，后来连地址也遗失了，就没有联系。"在杨涌先生收藏的这批金氏遗物中，并没有李厚襄来信的原件或抄本。

12月28日，辛上德写信告知事态进展："1. 通过有关朋友，和陈娟娟通过电话，然后又知道姚莉任职于百代唱片公司。2. 和百代取得联系后，他们非常热情，过些时候百代会直接去信给您。3. 百代已明确指出：李某人根本没有和他们联系过有关歌辛的稿费事。4. 他们希望您设法将以前所有签过的合同即寄来给我，或直接寄给他们：地址是九龙尖沙咀星光行1517室刘焕苹小姐收（是姚莉小姐指定她和您或我联系的）。5. 建议您将一些证件之类的东西寄来，亦可直接寄给她们。6. 她们一致表示待您的信或（合同证件等）寄来后一定负责给您详细搞妥，该付给您的稿费，如查到，一定会付上寄去给您的……"

金娇丽读完来信大抵是喜忧参半，心情和李中民其人其事一样复杂。所幸版税还存在百代，除了感谢跑腿的辛上德，姚莉的功劳也不小。她在旧上海唱过陈歌辛写的时代曲，应是一个念旧之人，凭着歌坛地位以及在香港百代的监制职位跟公司打了招呼，不过公事公办，付钱的前提是金娇丽能够拿出陈歌辛与百代唱片之间的业务合同，再提供她家属身份的证件，两者缺一不可。参阅金娇丽1974年1月9日写给百代会计刘焕苹的书信底稿，她在1月初收到了刘焕苹代表百代的回信，要求她提供上述证物。

出示合同的要求貌似合理，实则荒唐。百代方面既认可自己使用了（唱片再版或老歌新唱）陈歌辛的作品，则百代必然曾获陈歌辛授权，而且作品尚在版权保护期（起码是作者死后五十年）内，就理应支付版税，否则，相当于百代宣称自己未经授权灌录唱片。

就这样，弱势的金娇丽当年被如此霸道的理由卡了脖子，她在给刘焕苹的回信里很为难地写道："您问及的证件事宜，由于当年歌辛和我归国前，对稿费看得较淡，只是随意委托李厚襄先生办理，以后我们一直未过问此事，也从未收过稿费，至于合同副本，一方面歌辛已死，另一方面事隔经年，不知是否有，或者已经遗失，总之是我找不到了。"她只有旁证："我这里所保存的李中民先生来信及授权书副本，虽谈不上是证件，但可能有些用处，因此我就依尊嘱寄辛上德先生处，供参考。"

同时另起一封信，给故人：

姚莉和陈娟娟小姐：

很久未曾联系你。这封信总觉着写得有些冒昧，但看到辛上德先生信中提及你们的热情关心，就平添了不少勇气。

  通过辛上德先生的简单介绍，感到老朋友还没有忘记我们，这更使我感触万状。

  几十年来我们都经历了很多事，我现在真的觉得老了，但是孩子们都大了，二个儿子、一个女儿都在大学教书，还都有了儿女。

  我已退休，就是体弱多病。不知你们的境况如何。老朋友们都好啊！很想知道一些。要不是这偶然的机遇，真会"老死不相往来"呢！不是吗？许久不通信，不知从何写起，至于我写这封信的目的，就是谢谢你们。

  顺祝

近安

龚秋霞小姐前代问候

金娇丽书于1974.1

信附在1月9日写给辛上德的长信里，请他转交。金娇丽对他坦言："现在问题是如无歌辛手签合约，是否有其他办法？是不是能够索性委托你来办理？"

不久，金娇丽收到刘焕苹的第二封来信，内容不详，但在金娇丽5月8日给辛上德的信中留了踪迹："一月十七日就收到她的回信，看来由于没有歌辛的亲笔合约，有些阻碍，所以回信说要等总经理从星加坡回来后才能决定，并说如有进一步消息，会及早通知我，至今已是五月份了，还是杳无音讯……"上海此时局势生变，金娇丽写道："运动正在稳步深入取得很大成就，工农业生产、社会生活都很正常，呈现出欣欣向荣的景象。近日银行人员还来宣传对外政策，鼓励争取外汇的意义。"她把这些改观当补品吃，或者说，安慰自己。她在11月5日给辛上德的信中有如此觉悟："歌辛虽亡故，但他的作品仍在使用，家属的利益应该是不可剥夺的。"也清楚百代方面："总经理未必会离开公司的立场来理解一个家属的申述，而刘小姐虽热心，但作为公司的雇员，也是无能为力的。"近乎残酷的自省成了她消极等待刘焕莘回信的原因之一。12月10日，辛上德在给金娇丽的回信中也表现出相似的无奈与疲累："你的来信收到，内心深感不安，没有给你办成所委托之事。香港这个尖锐、复杂、人情淡薄的社会，什么事都得讲'证明'（当时歌辛的合约证明），如果有这份东西，早就解决了，而投诉于法律，更需要这份东西，没有它，法律上根本就不成立。"

忙了几年，版税之事再度退回原点。金娇丽的追讨工作被迫进入一段漫长的冬眠，好在陈歌辛的摘帽问题终于解决。在金氏遗物中有一份盖了红印的平反证明：

> 根据中共中央〔1978〕11号文件，关于全部摘掉右派分子帽子的通知，已于一九七八年五月廿六日宣布摘陈歌

辛的右派分子帽子。

上海市第二劳动改造管教总队
1978年7月14日

1978年6月25日，金娇丽收到辛上德从香港寄来的食品邮包一件，隔天她开始草拟回信，于29日寄出。她写道："今年年初，王小琳由港来沪，见到我儿小辛，并带来您给我的口信，说是关于歌辛版税事，最好我能亲自去港一行云。"小辛即陈钢，在几封家书里有这个昵称。金娇丽接着向辛上德介绍国内拨乱反正之近况，谈及亡夫的摘帽，她说："我全家大小都为之称幸，从今以后，可扬眉吐气，振作精神做人了。大儿陈钢过去的《梁祝》作品全国已重再广播，新作曲作品也不断发表，小儿陈东多年来幻想转入合唱团屡屡碰壁，前几个月，已蒙'拔尖'，正式转入'上海乐团合唱队'，并充当朗诵主要角色。在这次'上海之春'恢复演出中，都有他们兄弟俩的一分。"

"上海之春"创办于1960年，1966年办完第七届后停摆，1978年恢复，查阅"上海之春国际音乐节"官网，在第八届的节目单上可见陈东朗诵的《黄河大合唱》，以及陈钢参与创作的小提琴协奏曲《梁山伯与祝英台》。"这种可喜的事，想您知道后，定也为他们额手称幸"，金娇丽写道，"至于我个人，我同样也为局势清朗而心情舒畅，决心想把歌辛的版税事，不论成败得失，弄出一个结论，以了此悬念。不过，如不仰仗您的大力，我只好望洋兴叹，无能为力"。她又堆砌了许多感激与溢美的词句，然后写道："我直率告诉您，按目前这里情况，'我亲自去港'是一桩办不到的事，一是因我没有直系亲属在港，政府不会让我去；二是如说为了交涉亡夫版税为国家争取点外汇为理由，但我一时又提供不出有说服力的证明文件，因此徒叹奈何。不过我想知道，您建议我最好赴港一次，其原因到底是什么，望您把经过情况详细告知我。"她还是放不下李中民："他这种行径，不免使人猜疑，不知他葫芦里卖的什么药，我希望您能探悉一个究竟，明了这事的真相，以便考虑对策。"所谓对策，大概是寄希望于李中民持有陈歌辛与百代公司的合约或合约副本，否则何苦再寻麻烦。

7月7日，辛上德回信道："恰好最近有一位叫徐德明的，是认识李厚襄、李中民等人。徐先生是吹口琴的，他在本月中旬将去上海探亲。我们已尽量说服他去上海时一定去拜访您。"信末，辛上德还抄录了从徐德明处问到的李中民的新加坡地址。

参考陈国勋2003年为《口琴艺术》写的《徐德明简介》，徐德明1929年生于上海浦东，1947年赴港从事电影音乐制作，1979年移居檀香山。1984年9月2日的《新民晚报》在第二版刊文《留支乐曲在家乡——记美籍华裔口琴家徐德明》称他："一九四七年，为了谋生，他来到香港当了汽车喷漆工……

> December 20, 1986
>
> Dear Chen:
>
> Thank you so much for your letter and the recording of Rose, Rose. It is very good. As you know I always loved that song.
>
> Sorry to be so late in answering your letter but Nan's mother has been ill for some time ans she passed away the first week in December. We had time for little else during that sad time.
>
> I do hope to meet you while you are in the U.S. Do keep in touch.
>
> In the meantime hope you have a Happy Holiday Season.
>
> Most Sincerely
> Frankie Laine

美国歌手弗兰基·莱恩（Frankie Laine）翻唱过陈歌辛作曲的《玫瑰玫瑰我爱你》，1986年，陈氏的幼子陈东通过中间人联系到他，他在这封回信里允诺可在美国一见（杨浦供图）

五年前，徐德明移居美国檀香山，专职从事口琴技艺传授和演奏。"

1984年徐德明衣锦还乡，在上海办了音乐会，还上电视台录制节目，1978年的回沪纯属私人行程。那年夏天，金娇丽在上海见到了徐德明，她在1979年写给姚莉的信中提了一笔："去年曾听徐德明告知说：'姚敏先生逝世前曾透露，在汇丰银行有歌辛的巨款版税存着。'"

热心肠的徐德明后来还把李中民于1980年1月22日写给他的信笺寄送金娇丽。信中，李中民这样向徐德明解释："陈歌辛太太版税事，EMI一直不肯付，如果EMI肯付版税会在五十万元港币以上，现在只有托百灵顿皇家音乐公司向其他小公司去收，我遇到Coupland时候一定会向他提出。"

看起来，李中民与百代公司，在各自面对金娇丽时都在踢皮球。至于李中民的葫芦里到底卖的什么药，仍是无解之谜。

3

1979年11月30日，金娇丽写了一封长信给姚莉。起因是："最近EMI公司的王福林先生也证明有歌辛版税存在汇丰银行。可喜的是，他说只须我寄一些有关我是陈歌辛的妻子的证明去,似乎这样就可拿到这笔版税了。这消息又引起了我多年来渴望着的希望!我将努力去办证明,但若您和其他老朋友肯根据我寄上的我们夫妇照片代为作证可行的话,你能作证吗?"

她在上海已有行动:"我到中国银行申请协助取回此款,但中国银行要我告知是何年何月何名何号码存折后才能代查,我因不知,只好作罢。今来信要求您几件事,烦请大力协助。第一,这笔汇丰银行的款子,不知您能否查出何年何月何名何号码存折?"又说:"想麻烦您了解一下,有关歌辛的作品有哪些歌曲?是哪位演员所唱?还有歌辛的作词作曲?他的名字有陈歌辛、陈昌寿、林枚、戈忻。如果查到这些时,也是一个根据,过去不论在祖国的上海或在香港,和唱片公司都是有合同的,73年EMI唱片公司的刘焕屏小姐(当时她做会计,现听说到别处做经理去了)来信也承认百代从内地搬至香港时遗失了不少合同,问我可有付(副)本,若有他们就给付清,无奈合同早已遗失。刘小姐过去甚关心此事,不知您还能找到她帮忙吗?"

姚莉应该是帮忙了。一个月后,金娇丽从百代香港收到一笔版税,她称汇款人为"陈经理",在1980年1月5日的回信里她写道:"目前收到您的来函;汇款亦于元旦前收到,在此谨表示感谢!关于陈歌辛先生的版税,我记得他在港期间除用'陈歌辛'的名字外,尚有'陈昌寿''林枚''戈忻'等笔名。

为此我想劳驾陈经理有便再进一步查阅,是否有遗漏的版税?"

在1985年7月4日金娇丽写给黄志炜的信中,记录了她收到的这笔版税的数目:"于1979年十二月曾收到EMI最后一笔版税港币683.36。"按当时汇率,折算人民币在两百元出头,几乎是老百姓大半年的收入。不过与她追求的五十万港币天差地别。"最后一笔"说明在1980年至1985年7月这段时间,百代没有继续向陈歌辛家属支付版税,这也是让人迷惑、前后矛盾的一招。

以金娇丽为首的陈氏家属一直没有放弃在版税这个层面讨要一个公平,正如他们为陈歌辛平反,哪怕摘"帽"达成,还有许多的"消毒去污"工作要辛苦。在金氏遗物中留存了大量的申诉材料、机关证明以及个人档案。譬如这份公证书的底稿:

> 申请公证人金娇丽,女,生于1917年11月3日,上影乐团工作,现已经退休。在1934年与陈歌辛结为夫妇,育有长子陈钢、次子陈铿、三女陈丽、幼子陈东四人。陈歌辛已于1961年1月25日病故。陈歌辛生前在香港EMI百代等唱片公司拥有大量版税未取,今因长子陈钢赴美讲学,将经香港回国,特授权于陈钢洽办遗产事宜。
>
> 1. 在此特证明陈钢确系陈歌辛之长子。
> 2. 在此特证明陈歌辛已于1961年1月25日于安徽白

茅岭农场长乐分场病故。

代申请人

金娇丽

1981.2.23

1981年,哪怕陈钢代母赴港交涉,版税问题依旧未能解决。

同年5月5日,金娇丽给李香兰写了一封长信,核心内容如下:"最近,黎锦光先生将有日本之行,我曾托他代我向您问候,并拟请求您百忙中为我就上述情况出点主意,以及代为向过去胜利公司的有关方面,取得联系,设法能追索一点歌辛的版权酬金。"说得更直白点,黎先生要去日本,而日本的胜利公司用了不少陈歌辛的作品,请李香兰像姚莉处理百代问题那样跟胜利公司打一声招呼。

李香兰帮忙了吗?此事在金氏遗物中没有下文。

四年后,一潭死水的版税悬念起了涟漪。金娇丽收到所谓柏灵顿音乐出版公司员工黄志炜的来信,由于金氏遗物中没有这封来信的原件或抄本,我们只能从金的回信中推断发生了什么。线索如下:"今悉柏灵顿音乐出版公司提出歌辛之版税委托该公司之事……鉴于贵处来信涉及歌辛之作品,如《玫瑰玫瑰我爱你》《初恋》《可爱的早晨》《永远的微笑》等作品均为解放前于上海百代公司所录。其他也有大部分作品约于香港录制。如这类作品由柏灵顿重录制的话，那就有可能是接到我的委托书后所录，但分文稿费未得，今岂有渔翁得利之理……至于您所摘录陈歌辛先生作品的出版年份，有待查考，待查明后即奉告。"黄志炜的来信应该提到"柏灵顿"重录过陈歌辛的作品，近期还有类似的计划，所以来信打听原作的出版年份，这种行为似乎还找了一个合法的理由——"柏灵顿"有委托书。由此，金娇丽发现了回望李中民谜之操作的一种新角度：李中民主动与陈歌辛的遗孀打交道，是为了拿到重录作品的合法授权。无论这种假设是否成立，李中民都欠金娇丽一句解释，一声道歉。

可惜在杨涌先生收藏的这批金氏遗物中，这封写给黄志炜的长信是一个戛然而止的句号，陈歌辛的版税悬念似乎定格在了1985年7月4日。后续发展不详，我只清楚，陈氏家属最终与百代达成了某种和解。

故事在1990年迎来了一个明媚的转折。百代香港公司中文部的赵月英（Teresa Chiu）女士为筹备《百代·中国时代曲名典》的系列唱片，带了香港团队北上拜访那些留在内地的时代曲名宿，或他们的家属。此行之目的记录在两位时代曲大作家的通信中：

折西兄：

  港百代总经理赵小姐来电通知我，她于七日飞沪，晚上到沪，住新锦江饭店，她定于八日上午来电与我连系后，再通知您和严华去和她会面，主要是了解一下我们的作曲版权问题。请开明您所作歌曲以及词作者与演唱者是谁，以便给她备案。秋安！

锦光

1990.11.1

这封信目前由严折西的幼子严半之保存，说明当时黎锦光是"中国时代曲名典"项目的上海联络人。严半之先生还给了我两组老照片。一组是1990年11月8日在新锦江饭店聚餐的留影，席间九人，黎锦光、严折西、严华各带了一名家属，赵月英的形象酷似靳羽西。陈歌辛的家属缺席，原因不明，但是次年9月11日，赵月英一行见到了陈钢，后者为《百代·中国时代曲名典》的周璇专辑写下寄语："'渔家女'的歌声，永远在'夜上海'的上空飘荡。"其中含了周璇首唱的两首时代曲杰作《渔家女》《夜上海》，作曲皆为陈歌辛。

严半之记得，1990年11月8日在新锦江饭店是其父与赵月英的首次会面，赵女士介绍了整个项目，歌曲授权需要签署合同，有版税。第二次会面是1991年9月12日在严家旧宅（南京西路1451弄17号，今静安嘉里中心），当时赵月英带了几十份歌曲授权合同让严折西签署，随行的香港摄影师为严折西拍的照片后来用在了周璇专辑的内页。和陈钢一样，严折西也为折西兄：

　　港百代总经理赵小姐来电通知我，她于七日飞沪，晚上到沪，住新锦江饭店，她定于八日上午来电与我连系后，再通知你和严华去和她会面。主要是了解一下我们的作曲版权问题。请开明您所作歌曲以及词作者与演唱者是谁，以便给她备案。

秋安！

锦光
1990.11.1日

黎锦光写给严折西的一封信（严半之供图）

那本内页题写了寄语。这应该是赵月英当年寻访时代曲元老的标准操作，所以百代香港公司必然与陈歌辛的家属签署了最新的授权合同，此时，距离陈歌辛去世已有三十年。一年后，中国正式加入保护著作权的《伯尔尼公约》。

4

2024年9月19日，是陈歌辛的一百一十周年诞辰。要客观评价这位时代曲巨星是非常困难的，他过于复杂，在过往的历史中，人们倾向于只看他的某一面。太平洋战争之后，日本人认定他是共产党，抗战胜利之后，国民政府认定他是附逆，这两次认定都给他带来了牢狱之灾以及更深远的历史问题。仿佛变色龙，他的底色让人琢磨不透，而他的灵魂一直不合时宜。

1944年，陈歌辛接受《翰林》杂志的专访，谈及李香兰的歌艺，他揶揄道："不要以为我把她看作一个职业的歌唱家。我相信她的音乐会的听众与其说是音乐会的听众，毋宁说是一群影迷。"当时上海人民还活在帝国主义的阴影之下，记者打圆场说："音乐爱好者也不在少数吧。"岂料陈歌辛的嘴巴张得更大，他说："我以为很少，真正的音乐爱好者很少。"又

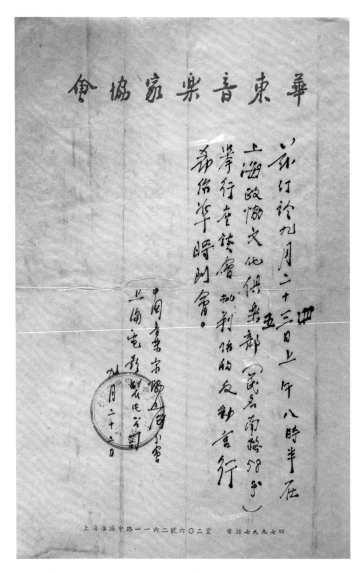

改变陈歌辛命运的那封通知书（杨涌供图）

说:"我从来不想抹煞任何人的好处过,我只说不能把李香兰当作职业的歌手看……最初她见我时说她是唱大歌剧的最高的华丽的女高音,我发现她不是,随即讲了些关于华丽女高音和大歌剧的话,再加上一句干脆的结论:'你不是Coloratura Soprano'……"①

回望陈歌辛,他的身上有一种不合时宜的浪漫,浪漫得让人心碎。他一直没有放弃创作,哪怕是在白茅岭农场,白天干重体力劳动,他还在坚持写歌。这时期的作品连同他写的家书,金娇丽都妥善保存,仿佛在编图书馆索引卡片,每封家书的信封上都有她娟秀的字迹,写清楚收到的日期、这是第几封。

在这批金氏遗物中,还有一封中国音乐家协会上海分会、上海电影制片公司于1957年9月22日联署的通知书:

> 兹定于九月二十三、四、五日上午八时半在上海政协文化俱乐部(茂名南路58号)举行座谈会……希你准时到会。

这次座谈会彻底改变了陈歌辛以及他所有作品的命运。会议内容在同年9、10月的《解放日报》有大量的回声与发酵,

---

① 《翰林》,1944年第1期,第22、23页。

让我对陈歌辛,更对那些发言的文化名人产生了极大的困惑。

时至今日,我依旧无法看清楚陈歌辛,我只清楚,他为中国流行歌曲作出了极大的贡献,这一点,毋庸置疑。

B3. 黎锦光的日本之行

　　黎锦光一生创作了近两百首时代曲。作家水晶在时代曲研究的早期著作《流行歌曲沧桑记》中有过隽语："流行歌曲的三大名家是状元黎锦光，榜眼陈歌辛，探花姚敏。"[①] 黎老笔下的传世佳作不止十首，如果像水晶先生那样钦点状元，《夜来香》无疑是首选。

　　《夜来香》自1944年发表以降，它的翻唱、改编版本合计已超过百种，这其中，有相当比例的录音来自日本。这与《夜来香》的首唱者是李香兰不无关联。这种祸福相依的关联，在流动的历史舞台上折射出不同的色彩，任意一束光射在黎锦光的身上，都有可能改变他的命运。在1981年受邀访日之前的三十多年里，黎锦光的命运是灰色的。

[①]《流行歌曲沧桑记》，大地出版社1985年版，第90页。

1

朱忠良1968年进中国唱片厂，第一次见到黎锦光是在车间的厕所里。年过六旬的黎老当时正在做清洁工作，推一辆沉重的平板车，上面堆满了水桶、箩筐以及其他洁具。朱忠良后来向车间里的一位老师傅打听，原来那位清癯、缄默、儒雅的保洁员是"我们这里音响方面的权威"，之前在编辑部任职。

所谓编辑部，当时对外的招牌是"中国唱片社上海分社"，本该在中唱小红楼（旧百代小红楼）办公，专门负责节目的编辑录音。中国唱片厂与中国唱片社上海分社虽说在衡山路上是贴隔壁的邻居，其实是平行的、专职生产的另一个单位；唱片社当时归北京总社领导，再往上是广播事业管理局。

在一个特殊年代，唱片厂与唱片社的某些界限不复存在，唱片社的好些员工下放去了唱片厂。朱忠良有时在厕所里遇见黎锦光，环顾无人，便上前帮忙，搬最重的水桶。他和黎锦光是这样相识的。当年在车间劳动的还有黎锦光的两位好友：编辑部的同人胡逸尘先是在最苦的炭黑车间磨碳粉，后来调到密纹车间；"时代曲老搭子"严华混得最好，在比较轻松的四楼车间装配小零件。朱忠良与严华、黎锦光成了忘年交，能进到华亭路淮海中路口的严华家里,参加他们的周末文艺沙龙,不过那是改革开放以后的事情了。

政策解冻,黎锦光的心思重新活络。他是如何与暌违三十余年的日本友人重拾音讯的?汉语文献暂时无法解答。黎锦光晚年接受过一些采访,写过几篇回忆文章,提及1981年的日本之行基本上是语焉不详,有时甚至可以浓缩成一句话:受李香兰之邀访日。

在接触日文资料之前,我听过两种相关的解释。一是在歌手李泉的家中听他讲的。李泉早年就读上音附中时有一位钢琴老师叫丁逢辰,其丈夫肖炎曾任上海市文化局的副局长。李泉在丁老师家练琴时听肖炎讲过这个故事:中日恢复邦交之后,日本有个文化代表团访问上海,肖炎担任接待。他记得是在行程的尾声,日方提出一个要求,想见黎锦光,中方人员当时根本不知道黎锦光是谁,最后是求助公安系统,查到他住在天平路的国泰新邨,仍健在。在这个故事中,黎锦光扮演了一个被动的角色,而在冯艾弥(徐訏外甥女)的回忆里,他是主动的那一方。

冯艾弥1949年出生在国泰新邨的一户知识分子家庭,其父早年负笈东瀛,回国后行医。黎锦光知道冯父的日语不错,20世纪70年代末,当他被妻子祁芬逼着给日方写求助信的时候,他不好意思开口,但是翻译的事情总归是要麻烦这位邻居的。冯艾弥对此印象深刻,因为那封信是当时正在进修日语的她代译的,样稿请父亲过目、润色,而后交给祁芬。信的原文如今

李香兰送给郑德仁的签名照片(郑德仁供图)

无法复现,冯艾弥只记得大意是黎锦光的歌曲在日本出过唱片,多年来并未收到版税,想请日本驻上海总领事馆给予帮助。

两份同样出自口述史的不同解释,在比对日本人本田悦久的文章①之后,冯艾弥的说法显然更接近真相。这篇文章披露了一个关键细节:1979年的春天,黎锦光就歌曲《夜来香》的著作权问题向日本胜利唱片公司(ビクター音楽産業株式会社,JVC前身)的总务部提出质疑。由此推断,冯艾弥译信发生在1979年初或1978年末;日本驻沪总领事馆的工作人员在阅信之后将黎锦光的诉求转给了涉事的唱片公司。

本田悦久的文章分为四节,2008年在日本音乐笔会(MPCJ)的网络杂志连载。我读到时已是2022年底,随即在友人薛亮的协助下电邮联系了MPCJ,笔会的稻越美保女士回信说,本田先生已于2020年去世。

2

本田悦久是日本胜利唱片公司的老员工,退休前在西洋音乐部(洋楽部)担任部长,查阅黎锦光相关的汉语文

---

① "夜来香"物语,详见www.musicpenclub.com/talk-200801.html。

献，从未见过此人的身影。我第一次知道本田悦久，对他产生兴趣是在黎锦光高徒陆晓幸的录音棚里（凭借录制《卧虎藏龙》的电影音乐，陆晓幸于2002年获得第44届格莱美世界最佳录音艺术与科技奖），当时陆晓幸这样介绍他：JVC唱片的高管、一个出生在青岛的日本外交官之后，对中国非常友好，黎锦光从他口中获悉自己追讨的那笔版税被别人冒领了。

陆晓幸1970年成为黎锦光的弟子，介绍人正是黎的唱片社同事胡逸尘。陆晓幸拜师那年，在黎锦光身上还发生了另一件影响深远的事情——他退休了。"押我退休的，"黎锦光晚年接受采访时说道，"结论是'按人民内部矛盾处理'"。其实早在他从编辑部下放到车间之后，黎家的日子就过得异常贫苦。"当时我每月工资只有50元，全家有四口人，要靠这点钱生活。不够的时候就靠卖东西、借钱度日子。"[①]可想而知，退休对黎锦光的打击有多大。据陆晓幸说，黎老极少与外人诉苦，倒是他的保姆太太爱叨咕两句。这与冯艾弥的记忆几乎吻合。冯艾弥说，祁芬以前是黎家的佣人，在白虹与黎先生分手之后成了黎太太，从此不肯工作，"文革"时期有些无业人员会去街道的生产组赚点钱，但是祁芬拒绝，眼看着黎家的

[①] 《黎锦光采访记录及相关说明》，《天津音乐学院学报》2013年第1期，第69页。

陆晓幸在其录音棚留影（摄影：铁匠）

日子过不下去，她就催着黎锦光想办法，能不能问日本人要点钱。

本田悦久的文章披露了一个独家信息，足以回答黎锦光为何有底气向日方索取版税。早在1949年，黎锦光曾经通过香港代理人与日本胜利唱片公司签署了一份作品授权合同，时限五年。随着新中国成立，黎锦光与日方断了联系，那份合同无法续签。五年期满之后，因为中日两国并未建交，非邦交国的曲子在日本不受版权保护，日本的唱片公司可以无偿自由使用。本田悦久的文章没有透露那份五年合同的缘起，但是他提到《夜来香》的第一个日语版唱片是日本胜利唱片公司于1949年制作、1950年发行的，这版的歌词由作词家佐伯孝夫翻译，李香兰演唱。推测是为了在日本发行这个版本的《夜来香》，日本胜利唱片当年试图联系歌曲作者黎锦光以及最初发行这首时代曲的英商东方百代有限公司，所谓的香港代理人或许是"东方百代"的某位员工，因为"东方百代"撤离上海搬至香港的时间恰巧是签署这份五年合同的1949年。

《夜来香》的日语版唱片在日本大卖，本田悦久称之为"划时代的热门金曲"（画期的な大ヒット）。

1979年的春天，日本胜利唱片收到黎锦光追讨版税的信，公司的总务部后来把去上海给黎先生一个解释的任务交给了本田悦久，他将代表公司出访中国，与中国唱片社商谈母带授权

李香兰日语版《夜来香》的首版黑胶唱片

的合同。同年10月，本田悦久抵达北京，随后折返上海与黎锦光相见，这场筹划已久的重要会晤结果缘悭一面。他来到上海，却发现黎锦光去了北京与碰巧当时回国探亲的八弟黎锦扬（美籍作家）团聚。本田悦久的文章读到此处，突然想起李泉讲述的肖炎先生帮日方在沪寻找黎锦光的故事，或许，当年那位日本人正是本田悦久。

1980年，本田悦久再度访华，他在北京下榻的酒店里第一次得见黎锦光，时间是10月21日；黎锦光带来了亲手誊抄的《夜来香》乐谱副本。本田的文章能精准还原这些细节，也许得益于当年拍摄的一组照片——右下角有时间水印。他去世后这些照片的版权归属存疑，我的转载申请被日本音乐笔会的稻越美保女士直接回绝。更可惜的是，本田先生的文章未能直面"黎锦光版税事件"，某种程度上，它成了一桩悬案。现在掌握的一份解答来自陆晓幸，他说黎老在20世纪80年代初与他谈及过此事：本田悦久见到黎老后再三致歉，关于那笔长年寄不出去的版税，日本胜利唱片曾经向香港的百代公司求助，可是对方也联系不上黎锦光；那笔钱无奈存在日本，直到"文革"期间，突然有一个中国男子来访胜利唱片的总部，自称黎锦光的委托人，说自己历尽艰险来到日本，为黎锦光代领这笔钱，还说自己无法提供任何凭证，唯恐那些东西会在半路上引火烧身；本田悦久信了，于是，那笔版税的真实下落成了一个无解之谜。或许是这个故事太玄乎，1986年陆晓幸作为中国唱片厂上海公司的代表出访日本，与JVC唱片洽谈业务，他见到本田悦久还当面求证，得到了相同的答案。陆晓幸与本田悦久在20世纪八九十年代打过好几次交道，这些或公或私的往来都留下了照片。

陆晓幸不仅启发我以本田悦久为突破口调阅日语文献，他还提到了黎老讲过的另一个细节：香港在"文革"期间开过李七牛（黎锦光的笔名之一）的追悼会。类似的纪念活动后来还误导了黎锦光的日本友人。估计那位冒领版税者应该与香港的百代公司存在某种特殊关联，否则他如何知道可以钻这个空子，抢先的时间卡得更是精妙。

我们无从得知，在黎锦光初会本田悦久的那日，当他获悉挂念多年的版税落了空，气氛是多么失望、尴尬。本田悦久的笔触回避了这些，转而描绘黎锦光在二战时期与日本友人的交往、在新中国的际遇。他记录了黎锦光的这段话："战后的三十五年里，我再没见过任何日本朋友。我想见见李香兰、服部良一、野口久光、川喜多长政与川喜多嘉子夫妇，他们都是我当年的音乐伙伴。"

黎锦光与李香兰、服部良一、野口久光共同的交集是1945年在大光明戏院举办、为期三日的"李香兰歌唱会"（存于日语文献的名字是"李香蘭ショー・夜来香ラプソディ"）。依据野口久光的日文维基页面，那场演出由上海交响乐团伴奏，服部良一、陈歌辛指挥，野口久光企划。本田悦久另外写道："导演这场演出的是当时在日中合营的'中华电影公司'任职的野口久光先生（后来成为音乐评论家）……据说黎先生坐在观众席的第一排，全程见证了这场盛事。"中华电影公司即汪伪时期的伪"华影"，川喜多长政任副董事长。

本田悦久感动于黎锦光的祈求，抑或是出于某种愧疚、补偿的心理，他有意"在黎先生与他的日本友人之间架起一座团聚的桥梁"。回国后，他立即运作黎锦光访日。1980年11月21日，他在日本参议院的议院会馆见到了李香兰，将黎锦光尚在人间、期盼与日本旧友再见一面的消息告知。李香兰答道："从政后我因为经常演讲，用嗓过多导致女高音都变成女低音了，但还是想在黎先生面前再唱一次《夜来香》。"本田悦久接着联系了时任日本作曲家协会会长的服部良一，后者积极表态。11月30日，日本的大报《读卖新闻》刊发了相关的造势文章。经过多方努力，最终是日本胜利唱片出面，在1980年年底向黎锦光寄出了访日的邀请函。"'明年，樱花盛开的时候，请带一名秘书出来。在日本住十天左右吧。'针对上述内容的邀请函，回复是曾经在北京的广播电台担任英语播音员的二女儿黎小东将陪同前往。"

本田悦久虽未明确表达过这层意思，但从他的文章中不难得知，促成黎锦光访日的头号功臣并非李香兰，而是他本人。

3

日本的樱花季是每年的3月下旬至5月中旬，1981年的上半年，黎锦光并未如约访日。据本田悦久说，是被护照耽搁了；在陆晓幸的回忆中，此事则充满了波折，有领导找了黎锦光谈话，很关心今次的中日文化交流，譬如日本人为什么邀请你去？你去到底有什么目的？黎锦光谨慎地闯关。"护照终于拿到了，"本田悦久写道，"但日本驻北京的大使馆不知道什么时候能拿到签证，所以他们要求日本方面想办法解决这个问题。"最后是李香兰的夫婿、时任日本法务省入国管理局局长的大鹰弘帮忙开了绿色通道。

1981年7月29日，黎锦光与从北京外国语大学毕业、在中国国际广播电台供职的次女黎小东搭乘日航的客机从北京起飞，降落在日本东京的成田机场。黎锦光后来告诉陆晓幸，他下飞机后见到一批媒体，心想大概是有什么大人物同机，结果发现那些照相机、摄像机都是冲着他去的。本田悦久则在文中写道："笔者与NHK新闻报道组的工作人员在机场迎接他们二人，随后将他们送至下榻的新大谷饭店（Hotel New Otani Tokyo）。"李香兰并没有出现在接机现场。黎老晚年给家乡的杂志写了两篇回忆文章，其中也证实了这一点："我到东京的当天，在新大谷饭店与李香兰相见。李香兰演唱中文《夜来香》欢迎我以及我的女儿小东。留下了一张珍贵的合影。"[①]本田悦久的文章还补充了另一些细节——抵达"新大谷"之后，大概晚上七点，他们直接去了酒店的钢琴酒吧"天方夜谭"（シェエラザード）；在那里，黎锦光与李香兰、服部良一、野口久光、川喜多嘉子实现了36年以来的第一次重逢（川喜多长政缺席，他在两个月前去世），用中文"你好"彼此问候；黎锦光先前在中国唱片厂找到了《夜来香》的录音母版，复制成一卷卡式磁带赠与旧友。

为了在黎锦光面前再唱一次《夜来香》，李香兰早先去了日本胜利唱片旗下的录音棚VICTOR STUDIO特训声乐。在新大谷饭店的钢琴酒吧，本田悦久写道："山口女士随着服部良一的钢琴伴奏用原词演唱《夜来香》，一旁的黎先生做出指挥的姿势。一曲唱罢，山口女士谦虚道：'唱得不好，因为二十年没唱了。'黎先生说：'这是你的歌，和当年一点都没变。'"

从接机到酒吧的团聚，NHK电视台全程拍摄，制作成特别报道在隔天上午九点的"NHK NEWS WIDE"（NHKニュースワイド）节目播出。礼尚往来，黎锦光于同日拜访了电视

[①]《我的追求——回忆录之一》，《湘潭县文史·第五辑》1990年版，第195页。

2024年3月11日,日本NHK电视台重播了1981年黎锦光访日的新闻素材;下图为李香兰于新大谷饭店"天方夜谭"(シェエラザード)酒吧献唱《夜来香》时的画面

台的坂本朝一会长。NHK当时正在筹备有着"夏季红白歌会"美誉的大型音乐节目《记忆中的旋律》(思い出のメロディー，一年一届，1981年是第13届)。7月31日，黎锦光去NHK大厅观摩了节目的现场录制，受邀上台。"黎先生饶有兴趣地听渡边滨子用日语和中文唱《夜来香》。渡边女士1944年去上海演出时见过黎先生，没想到一面之缘就被记住了，她很是感激。"

本田悦久的文章没有记录黎锦光在8月头三天的行程，参考文章的配图以及他后续的回溯，黎锦光疑似在这段日子里参观了"胜利唱片"的VICTOR STUDIO、与旧雨新知聚餐、接受媒体采访、抽空去横滨中华街溜达、与李香兰观看了一场音乐演出。

8月4日，黎锦光前往镰仓的川喜多别邸，拜祭两个月前去世的川喜多长政，为故友上香。川喜多的遗孀嘉子女士领着黎锦光一行参观了隔壁的和辻哲郎故居。这套房子最初是江户后期的民宅，后来被大哲学家和辻哲郎相中，作为他在东京练马区的住所；和辻哲郎1960年去世，隔年川喜多夫妇卜居于此[①]。黎锦光在故居的陈设里发现了一个绍兴酒桶，他起了兴致，给日本朋友们普及"女儿红"的故事以及寓意——扯句闲话：川喜多家的女儿川喜多和子是大导演伊丹十三的首任妻子。

---

① 详见"鎌倉市川喜多映画記念館"官网。

本田悦久在镰仓也有一套房子，更确切地说，是他私人开设的古董唱机博物馆。黎锦光回沪后与陆晓幸详聊过他在那家博物馆的见闻以及一次涉及核心利益的密谈；陆晓幸1986年访日，同样受邀参观了那家博物馆。在本田悦久的文章中，黎锦光的"博物馆之旅"只留下了这段印记："接下来，他来到同样位于镰仓市的我家，在那里他听着爱迪生和老式留声机的声音，当他在电影《花鼓歌》的录影带上发现演职名单里有他弟弟黎锦扬的名字时，他微笑了。"

据陆晓幸讲，那次密谈的主要目的是说服黎锦光与日本胜利唱片签署一份长期的版权管理（music publishing）合同。这是一份大合同，适用于中国除外的全世界各国各地区。除了应许高额的版税收益，本田悦久为了打动黎锦光，给他放了一卷磁带，里面收录了十几个版本的《夜来香》，除去常规曲风的翻唱，给黎锦光留下深刻印象的是一支东欧爵士乐队的全新改编。本田悦久当时对黎锦光讲了一番话，大意是这些翻唱和改编都属于侵权行为，如果您签了这份合同，我们有权利也有能力保护您的著作权。黎锦光激动之余，强忍着没有答应；他不好意思正面回绝本田，就跟他捣浆糊、换话题；他问本田讨要那盘磁带，想留个纪念，后者没有拒绝。

两天后，签合同的大戏又演了一轮。这次来做黎锦光思想工作的是与他在旧上海一道玩爵士乐的服部良一。8月6日，服部会长牵头，以日本作曲家协会的名义为黎锦光办了一场

1989年JVC唱片的代表访沪,陆晓幸(右一)与中唱同事在豫园招待本田悦久(左二)(陆晓幸供图)

盛大的欢迎会（"黎先生歓迎レセプション"）。依据本田悦久的文章，这场活动给予黎锦光国宾的接待规格，举办地居然是迎宾馆赤坂离宫——原为1909年建造之东宫御所，是日本唯一的新巴洛克式宫殿建筑，用于接待世界各国国王、总统等要人。据陆晓幸回忆，服部良一当时劝说黎锦光所用的话术也上升到了国家层面。服部以《梁祝》这首曲子为例，说中国的一些音乐在日本没有得到版权保护，日本有大量的流行歌曲在中国没有得到版权保护，是不是日本音协与中国音协达成一个协议，互相授权，中国这边的版税我们来收，日本这边的版税你们来收，定期支付，两国的作曲家的利益都能得到保障。服部希望借黎锦光的作品迈出"中日互相保护"的第一步，结果却把黎锦光彻底吓跑了。黎锦光无法驳故交的面子，于是发生了一段很滑稽的对话。

黎锦光故作严肃道："现在签这个合同并不合适。"服部追问理由，黎锦光说："我的这些作品，现在看来都不太健康。"服部不理解。黎锦光解释道："他们说我写的都是黄色音乐。"服部略生气，说："黄色音乐在日本一样是不能发表的，既然《夜来香》能够发表，那说明你的作品一定是健康的，不一定符合社会主义的标准，但绝对没有伤风败俗。"黎锦光不响。

黎锦光从未向陆晓幸真正解释过，他当年为何不敢签这份合同；他说自己找了一个理由对付："让我回去请示一下。"他回国后立即就给中国音乐家协会主席吕骥写了一封信，转达了日方的意思。没有回信。黎锦光一直在等回信，等到后来，他开始庆幸自己的选择。

4

1981年8月9日，黎锦光的日本之行来到句点；他与女儿黎小东搭乘客机，从成田机场直飞上海。临行前，李香兰硬塞给他一份过于沉重的礼物。黎锦光拒收，他心里藏了太多的顾虑，但是李香兰以学生姿态反复强调这只是她个人的一点心意，她始终认为是《夜来香》这首歌、是黎锦光成就了她的演艺生涯。

那年夏天，陆晓幸还在海军的文工团服役。某个酷热的下午，他去天平路探望自己的作曲老师；他进入国泰新邨，沿着43弄走到底，敲响一楼的房门。碰巧他的老师刚从机场回来，浑身是汗，正在卸行李。陆晓幸发现老师家里居然多出了一台电视机、一套大型分体式收录机，看着像是日本货。老师告诉他，这都是李香兰送的，还送了一台电冰箱，只不过那台冰箱在入境时抵给了海关。对一个退休工资只有几十块钱的老百姓来讲，那笔关税的数额简直要把他的假牙都吓到地上，他没有办法，只能从三件宝贝里面选出他最需要的两样。

陆晓幸无法忘怀他的老师当时有多狼狈，可是，当老师开始回溯日本之行，当他说起在成田机场下飞机后被镁光灯和长枪短炮夹围的时候，他整个人突然变得神采奕奕，如同从黑白默片走入了彩色有声电影。

B4. 送他一朵玫瑰花（part 4—7）

4

黎锦光晚年格外在乎两件事情：写新歌，再版旧作。1981年的日本之行虽然无法解决这些问题，却为他带回了两件当年特别值钱的大家电。他那时候已经起了变卖电视机的念头，以资助子女出国。

我读了作曲家张卓娅的文章《心念黎锦光：风华难尽夜来香》后，通过歌唱家陈海燕联系到她。由于身份特殊，作曲家婉拒了采访，建议我从她已经发表的文字中摘引答案。

1981年的张卓娅，时任南京军区前线歌舞团的音乐创作员，写了不少歌曲。中唱上海分社预备为她出一盘磁带，她和搭档王祖皆商量过后，希望由朱逢博领唱这些歌。当他们找到朱逢博，后者提出请黎锦光出山，担任整个项目的录音监制。

朱逢博是改革开放以后重唱时代曲的勇士，被文献誉为第一人。1979年，国内的唱片业乍暖还寒，新成立的太平洋影音公司邀请朱逢博试水，录制一盘外销的立体声磁带。因为是外销，选曲相对宽松，朱逢博翻唱了陈歌辛为龚秋霞写的一首老上海歌曲，这首歌的名字还印在那盘磁带的封面上，不过被后来的内销版下架，标题改为《朱逢博独唱歌曲选》。

"朱逢博老师对我们说：'他现在生活挺困难的，你们去看看他吧。'"重读张卓娅的文章，朱老师当年这是刻意扶助黎锦光。"和黎老师谈妥了录音工作的大致流程，临行前，我们掏出了两人身上所有的钱，也就300多元（当天完全没有准备），交到黎老师手中。"黎锦光接这个私活拿的稿费，相当于当时工薪阶级一年的收入；但是临别前，他又勉为其难地开口："你们能不能帮我把这些高档货卖了，卖个好价钱？这是李香兰刚刚在日本送给我的。"

张卓娅的丈夫王祖皆是上海人，这对作曲组合传唱最广的歌曲《小草》出自《芳草心》，借由这部音乐剧，他们与黎锦光的故事有了奇妙的下文。据陈海燕说，她和黎锦光相识于1984年深秋，当时她是《芳草心》的主演，而黎锦光也欢喜地刚刚得到起用。黎锦光回聘，据陆晓幸的回忆也发生在1984年，胡逸尘的文章《我所认识的黎锦光》是这样记载的："上世纪80年代改革开放后，我们拟对长期蛰伏于中国唱片上海公司版库里的早期流行歌曲进行挖掘、编辑和再版，以满足海内外老听众的需求，供有关音乐创作者研究参考。那时我在音乐部主持工作，决定返聘锦光先生来分社协助整理。曾经一段时间以来人们对所谓的'靡靡之音'偏见很深，锦光先生也因此受了好多委屈。当获悉这些老歌还能再版很是感慨，对我济人之急的用意很是感激。"回聘意味着可以多领一份月薪，旧作再版包含稿费，最关键的是，老先生最辉煌的前半生犹如"月之暗面"，又能被他最在乎的本国听众看见，他的内心戏，远远超出胡逸尘笔下的"感慨""感激"二词。

黎锦光不响。或许他是想说几句的。厂里新调来的年轻人会写歌词，名叫周威，深受总经理器重，他找到黎锦光，告知要办一场大型音乐会（"陈海燕、吴越菲独唱音乐会"，1984年11月10日卢湾体育馆），主角是本埠两位新锐女歌手，问有合适的新歌吗。黎锦光翻出一首，虚心请周威填词。陈海燕收藏了《上海之夜》的手抄版练唱"钢琴伴奏谱"，右上角标记"周威词 景光曲"，她是通过这首歌结识了黎锦光，之前只听过他改编的《送我一支玫瑰花》，很喜欢，还有外婆在家里经常唱的《拷红》，那是黎锦光在旧社会写给周璇的杰作之一。

80年代初，邓丽君风靡申城，陈海燕主动要求在这台音乐会上加唱几首邓丽君的歌，中唱的回复是积极的，反倒是一位教过陈海燕的老师很生气，知道她要参加含有黎锦光作品的音乐会时不禁质问，你一个民族唱法的，怎么可以去唱流行歌曲？但是让陈海燕印象最深的还是音乐会的结尾——她和演出的另一主角吴越菲、主策划周威以及领导、嘉宾们登台谢幕时，发现观众席的前列站着黎锦光，她立刻挥手请老先生上台分享喜悦与荣耀，突然，身后被什么猛地拽了一下，她想当然地回头，看完直接不响。

在陈海燕珍藏的那张谢幕合影里，黎锦光完全缺席。不过媒体对他的态度是友善的："上海人民艺术剧院卢小燕应邀担任了音乐会的节目主持人。知名作曲家黎锦光是这台音乐会的艺术顾问，他还特意创作了《上海之夜》，由所有参加演出的歌手演唱。"[①]

音乐会之后，她又见到了这位不方便露脸的老先生。在延安饭店，黎锦光、江苏音像出版社的主编霍三永，还有吴旋（后调去空政文工团，舞剧《红梅赞》的作曲者），他们为了制作一盘翻唱老上海歌曲的磁带面试本地的几位女歌手。陈海燕是黎锦光向出版社推荐的。试唱只有一把吉他伴奏，她唱了《小草》在内的四首歌，后来还听见评委们议论，陈海燕的声音好像比较特别。黎锦光说，是呀，因为她学过京剧，又在歌剧院，周璇也学过戏曲的，所以味道就是跟人家不一样。不到一个小时便当场拍板，他们要出陈海燕的专辑。

1985年，江苏音像出版社推出《香格里拉——陈海燕专

[①]《解放日报》，1984年11月11日，第2版。

辑》，内页印着："本盒带选辑了作曲家黎锦光先生创作的三十年代流行歌曲，并由诗人、词作家史俊重新编配。"润色歌词，史俊扮演了非常重要的"消防员"角色。后来，他还在严华与黎锦光联袂为陈海燕制作的专辑《好时光》里做同样贡献。可即便如此，《香格里拉》这盘专辑仍旧引火烧身，陈海燕记得陪黎锦光去过一次北京东路2号，在旧广播大楼的二楼接受调查。气氛过于紧张。事后，黎老请她去家里听音乐，放给她听《夜来香》的不同版本，然后交给她大量未发表作品的手稿。陈海燕听黎锦光讲的最后一段话是，我等不到那一天了，你还有机会，等将来把这些歌原汁原味地唱出来。

与此同时，另一件事也在反复折磨陈海燕。其父时任某文化处的处长，领导找到他，说你女儿现在跟黎锦光走得很近，还在体育馆唱他的作品，这个问题你要引起重视。陈海燕先前在歌剧院演的都是江姐之类的角色，与黎锦光断交，是皆大欢喜的选择。

5

周璇是时代曲的明珠以及特例。1957年，中国唱片厂印制了几张"五四以来的优秀影片"插曲唱片，其中破天荒收录

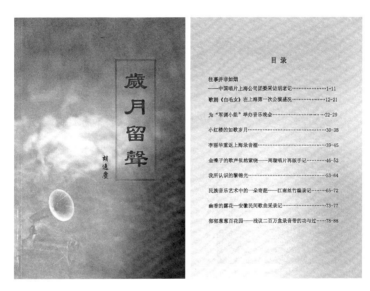

本文摘引的胡逸尘文字均出自他晚年的自印小册子《岁月留声》。

了周璇演唱的《天涯歌女》和《四季歌》。再版片号"1-1560"的这张粗纹唱片在周璇去世后成为紧俏货，胡逸尘在《周璇再版手记》中写道："笔者当时负责中国唱片厂录音资料室工作，亲历了订单雪片般的从各地飞来，压片车间三班倒还来不及生产，有些本市经销单位甚至上门坐等唱片出厂……然后不久以后，周璇唱片被停版了。"

衡山路的中唱版库收藏了七万多张旧上海留下的唱片母版，涉及时代曲的部分无声无息地衰老。胡逸尘当年启动这个工程需要极大的勇气，他提出的理由是："那时大量海外、港台流行歌曲涌入内地，其中有一些是翻唱国内上世纪30、40年代的流行歌曲，这给了我们很大的启发，于是就想到尽快把尘封在版库里的上世纪30、40年代的流行歌曲整理出来，此时我们首先想到的就是周璇和她唱的作品。"这一理由肯定给领导讲过，而胡逸尘和黎锦光的内心戏也许是："如果周璇都能出事，那其他的就更不能碰了；如果周璇都滞销，那么其他的也就免谈了。"

审批之流程殊为曲折。为了说服领导，胡逸尘"多次往返于京沪两地，阐述整理编辑出版周璇专辑的意义：在改革开放的时代，让人们再次欣赏当年'金嗓子'演唱的富有民族特色的流行歌曲；以崭新的配器和伴奏做一次技术和艺术相结合的实践，也为音乐研究创作者提供一份可供参考和借鉴的音响资料"。最终，黎锦光回聘，跟胡逸尘、蒋登昭组成了再版老唱片的顾问委员会，据丁夏回忆，三位老法师在一楼办公的那间屋子由于没挂门牌，被小红楼的其他同事戏称为"老版部"。

胡逸尘再次挡在黎锦光的身前。如果我们翻阅这对老搭子为出土时代曲做的贡献，那些磁带的内页里，胡逸尘的名字貌似很光鲜，多数排在前面，但这也意味着，当暴风雨降临时，他将首当其冲。

"时隔四五十年，不少文字资料被毁、流失，"胡逸尘写道，"为了再汇集齐这些资料，我们找来了当年各种版本的'大戏考'和'歌曲集'等，有些歌词只能一边听唱片母版，一边一字一句地记录下来，然后再仔细校订、补缺，虽然费尽了周折和辛苦，还是搞出了比较完整的资料。"依据胡逸尘的文章，对时代曲再版有贡献的除了黎锦光，还包括严华、严折西。

版库里的时代曲录音，光周璇独唱的就超过一百首，他们"遴选出七八十首作品，逐首仔细审听，先选出以《天涯歌女》和《四季歌》为核心的16首歌曲，定名为《金嗓子周璇》第一集"。陆晓幸以录音师的身份共襄盛事，这时期，黎锦光跟他讲述了许多百代逸事。据他说，黎锦光早年在旧百代要下午一点钟才上班，录音之前先排练，乐队和歌手必须排到纯熟才录，因为是直刻录音，英国进口的母盘非常贵，正面刻一版，反面刻一版，一首歌尽量只录两遍，从两版录音里挑选更好的出版。当然，这纯属理想状态。理想也是下午就把一首歌录完,不要拖到夜里,因为夜里属于社交、放松的时间,也是黎锦光从生活里汲取养料的一段辰光。

旧百代公司曾经在百乐门舞厅有长包厢,大家在此饮酒取乐,也筹谋工作。黎锦光退席起码得是深夜,回家睡到凌晨一点钟,爬起来,写第二天的歌,积岁累月,属于他喜欢的工作节奏,如同他写的歌,弥散着夜上海的霓虹酒气。他教陆晓幸作曲,也教录音技术,还传授对时代曲的理解:"为什么叫这个名字,因为那些歌紧追时代,我们唱中国民歌的旋律,伴奏用的却是西方的爵士音乐,甚至是拉美的探戈、伦巴音乐。这样的歌曲当年无疑是最摩登的。"

摩登的定义随时代而改变。"考虑到周璇老唱片原声伴奏部分比较单调,我们设想在伴奏上加进电声乐器,重新配器,"胡逸尘觉得此举,"为周璇的演唱锦上添花。"如今的时代曲拥趸对此多半是苦笑。主要是由于全新的编曲做得荒腔走板,周璇与乐队,仿佛是平行的两组人马,在各自的时空中自说自话。但市场当时完全买账,"从1985年5月开始发行,到1986年3月第一集共售出260 000盒(张),出版后好评如潮,不仅销量猛增,还不断接到观众来信来电要求出版系列作品。我们及时再以《夜上海》《卖杂货》《永远的微笑》等共十七首歌曲辑成《金嗓子周璇》第二集,于1985年11月投放市场,短短两个月就售出60 000盒(张)"。

那段日子,陆晓幸去"老版部"探望恩师,总会在他的办公桌上遇见成堆的社会来信。起初，黎锦光几乎每封信都认真读完，但阅读带给他的沮丧大过快乐，来信的几乎都是老年人，有一封这样写道："你的这些歌再版，使我回想起了幸福的往昔。"

信太多，黎锦光看不过来，也不愿意再看。

6

黎锦光晚年很少离开上海，与时代曲的故人主要借助中唱版库的录音叙旧。他和胡逸尘编完《金嗓子周璇》第一集，便把李丽华列为"老版部"的下一个工作目标。

1985年4月，唱片社通过"李丽华专辑"的选题，随后辗转告知远在美国的李丽华。依据中唱员工朱忠良在同年6月23日《文汇报》发表的文章，李丽华的返沪录音，源自"责任编辑胡逸尘和黎锦光先生曾委托三十年代著名男歌星、李丽华的亲属严华先生，请他写信向李丽华要两张用作封面、封底的照片"。

影星严俊是李丽华的丈夫、严华的侄子，即便他已于1980年去世，其遗孀见到严华仍要尊称一声"小叔"。

"李丽华阅信后非常高兴，很想听听自己当年的歌声，于是决定带着大女儿、小女婿一起回来探亲访友，于六月六日下午飞抵上海。"[1]这是一次自费的商务行程，以探亲的名义。李丽华想听的，是20世纪40年代她为英商百代、美商胜利公司灌录的四十多首时代曲。"六月七日下午，李丽华女士率女儿、女婿，在严华先生的陪同下，来到了上海唱片社。"黎锦光出门迎接，陆晓幸当时在场，印象最深的是黎老与李丽华在睽隔三十多年后这一面见得如此拘谨。李丽华抱着黎锦光，撒娇说，姐夫姐夫，你亲亲我呀。黎锦光的嘴唇后来极为尴尬地在李丽华的面颊上轻轻一点。李丽华称他"姐夫"，应该是念白虹的旧；白虹比李丽华大四岁，出道也更早，在旧上海，她们曾是光芒万丈的女明星。

"李丽华坐在听音室的沙发上仔细听了自己当年所唱的十六首歌。"听音室即小红楼一楼最大的房间，新中国成立后用于中唱开会、接待宾客、审听节目，也被员工称作沙发间。"她在听完《落花恨》后，觉得这首歌曲调不好听，摇着手说：'真难听！'要求编辑将这首歌从编选曲目中拉掉。"不晓得黎锦光当时如何回应，反正后来上市的《李丽华演唱歌曲选》并未这么处理。"当听到《万紫千红》时，她被富于节奏的曲调感染了，情不自禁地站起身和着节奏起舞。"《万紫千红》比《落花恨》洋气，在美国定居多年的李丽华，当时或许对戏曲

---

[1]《文汇报》，1985年6月23日，第2版。

黎锦光托严华写信向李丽华要两张近照,用作新专辑的封面封底(摄影:铁匠)

味道的老派时代曲有点过敏。"她听了安徽民歌《花锣花鼓》后,就说当年的歌唱和伴奏都乱糟糟,希望能让她重唱重录这首歌,并声明重录不要报酬。她的要求马上被接受了。但《花锣花鼓》是一首男、女声对唱歌曲,当年与李女士对唱的姚敏已作古……"李丽华这么做,实则造福歌迷,为大家保留了严华晚年的风采。"就这样,李丽华与严华、黎锦光等约定,十三日上午正式重唱重录《花锣花鼓》。"

李丽华回美国后,胡逸尘同样将她的上海之行写成文章发表。"六月十三日上午九时卅分,一辆轿车开进衡山路中国唱片社上海分社大院,从车上走下来一位不久前从美国回来探亲、在四十年代曾在上海拍过几十部影片的电影明星李丽华。接待她的是唱片社艺术指导,当年百代公司曾录过她节目的黎锦光,故友相见,分外亲热,他问:'今天录音有没有关系?'她接口说:'呒没关系。'随即与严华走进录音大厅。"①

时代曲三大元老在小红楼东面的录音棚做准备,挤进来一位陌生姑娘。日后成为作家淳子的李淳,当年是楼上综合部的编辑,特别想去看他们录音。她惊讶于黎锦光的变化:老先生虽然年迈,但是坐在录音棚里操控设备的时候,每个关节、脸上的每一条肌肉突然都活过来了。三位元老仿佛都回到了年轻时代,李淳记得李丽华不断地向严华撒娇、发嗲,录音时,严

---

① 《新民晚报》,1985年6月18日,第2版。

华被一口痰噎住,自嘲成了"痰派"(谭派),李丽华随即拿出薄荷糖,夹着送到小叔的嘴边。那种动作,对李淳这样成长于新时代的年轻人而言,简直触目惊心,却是那么美好。她无法进入元老们聊的往事,但旧上海的明星风范让她着迷,如同小红楼门口那棵参天的玉兰树,在她的生命里投下浓荫。

同年,黎锦光还在上海见了姚莉。那是一次更为低调的重逢,多年以后只在媒体上留了一点痕迹,姚莉说:"我最开心的是1985年回去,统统都见到了,见到黎锦光,见到严华,还有严折西,最重要的三个人都见到了,了了我一个心愿……我还去北京看了白姐(白虹),我以前跟她最好。黎锦光给了我一个地址,我自己坐火车,上门找去。"[1] 随后,黎锦光为好妹妹姚莉、前妻白虹制作了《姚莉—白虹歌曲演唱选辑》,也是"老版部"出土时代曲的收官之作,1988年由中唱上海分社的"友商"厦门音像出版社发行。而此前,他和胡逸尘还编了时代曲合辑《繁星荟萃》,收录十余位女歌星的代表作。这两盘磁带的销量实在平庸,外加1988年胡逸尘退休,"老版部"面对领导,很难拿出不被裁撤的理由。

回聘短短四年,却是黎锦光后半生最高产的一段时光。他把自己变成一本蓝色的复写纸,垫在黑胶母版与空白磁带之间,为出土时代曲制作了七张专辑,五张属于中唱,两张服务

---

[1] 《新民周刊》,2009年8月24日。

小红楼门口的那棵玉兰树(摄影:铁匠)

陈海燕，也可以理解为从江苏音像、上海音像接的私活。这些专辑混杂了重录与复刻，充满了折中色彩，可听性不如原版，却是新中国成立以后时代曲在中国内地的第一次集体返场，有着难以估量的深远影响。聆听这些磁带的体验是如此特殊，仿佛直面黎锦光的后半生，也是对时代曲的一次凝视，那绵长的滋味，苦涩中带着回甘。

7

他一直没有放弃创作，反倒是晚年，作品容易发表了，却突然灵魂出窍决定封笔。据陆晓幸回忆，20世纪80年代来约黎锦光写歌的人还挺踊跃的。但是老爷子特别谨慎，把自己一头扎进作曲的疆土，仿佛作词的才华早就从他的身体里被什么东西抽走了。他偶尔发表新歌，都是这种合作的模式，为别人的诗歌作曲，或者拿了乐谱请人家填词。也出现了个别的代表作，只不过代表的并非听众，而是评委的口味，或者说社会的态度。

1987年4月15日《新民晚报》刊登了他获奖的新闻："第二届通俗歌曲（水仙杯）创作比赛评选今天揭晓，评出获奖歌曲二十五首。这次比赛共收到全国二十八省市专业、业余作者的五千多首来稿。"有五首歌曲斩获一等奖,"史俊词黎锦光曲的《一同去溜冰》"在列,排在第四的位置。但是黎锦光告诉陆晓幸,他不能再写了,他现在写不好,因为他缺乏生活。

《一同去溜冰》似乎没有录音存世。黎锦光的"晚霞工程"还包括为一些通俗歌曲比赛担任评委。乐评人徐冰记得在1988年"金兔杯"创作比赛的座谈会上见过黎锦光,老先生语速缓慢,说了一些场面话。

家乡的音乐出版社一度计划出版他的歌集,他精选了五十多首,抄得整整齐齐,把乐谱寄过去。不知为何,歌集最终流产,但是出版社给他补了五十块钱的稿费。稿费单寄到中唱的那一天,他被单位的门卫喊住:"黎锦光,你的稿费单。"正巧也被领导听见。灰头土脸的黎锦光被领导请去办公室谈话,后来还写了沉痛的检查。这件事情,陆晓幸先是听别人讲起,随后在一次家访中向老师求证,黎锦光既委屈又心酸,隔年,他再次退休,这回是真的退了,永远退了。

到了90年代,他的听力开始退化。偶尔还有人请他录音,他最好是有陆晓幸在旁边搭把手。听觉退化在陆晓幸自己过了70岁之后也深有感触,声音的高频会随着身体的老化而衰减,这种改变,在黎锦光的身上,陆晓幸记得是从这样一段对话开始的。黎锦光说:"小陆啊,那个镲怎么不出来啊?"陆晓幸说:"已经蛮大了。"黎锦光说:"不够啊。"陆晓幸说:"那我再加。"后来,黎锦光满意地说:"这才对嘛。"陆晓幸突然意识到，老师的听力出问题了。

他是1993年1月15日去世的。去世前一周，他还给陆晓幸打过一通电话，请学生来国泰新邨坐坐，为新项目约一个档期。他说人家要帮他做一张专辑，属于他自己的唱片，出激光唱片。他对陆晓幸说："我年纪大了，你能不能帮帮我？"陆晓幸说："没问题啊，我帮你录音，后期我都帮你做。"他很诚恳地问："那你要收多少钱？"陆晓幸被他讲得先是一愣，然后笑道："黎老师，我一分钱不收的，你教我到现在，没收过我一分钱学费，你的事情我肯定是全力以赴的。"他说："小陆，那怎么行啊，你现在好歹也是大腕了。"回望与老师的最后一面，陆晓幸百感交集。他想起1984年，在小红楼见到回聘的黎锦光，他条件反射地喊了一声老师。黎锦光神采飞扬地摆摆手，关照道："以后别叫老师了，我们是同事了。"

1993年2月2日，《新民晚报》刊出了一条豆腐干大小的新闻《作曲家黎锦光追悼会明举行》，全文如下："著名作曲家黎锦光的追悼会将于2月3日下午在龙华殡仪馆举行。黎锦光先生一生致力于流行歌曲事业，曾创作过《采槟榔》《五月的风》《香格里拉》《夜来香》等歌曲。解放后还编配过《接过雷锋的枪》《青春圆舞曲》等，曾获'为唱片事业作出卓越贡献'荣誉证书。"

那个下午没有悲伤的音乐，新社长杨圣良现场主持，据陆晓幸说，中唱上海分社录音科的全体同人把专业的录音机、监听音响统统搬到了龙华。替代哀乐的是黎锦光创作于1944年的时代曲杰作《夜来香》。告别仪式上还播放了《送我一支玫瑰花》——大家围成圈，跺着舞步，每人手持一支玫瑰花，轻轻地摆放在他的胸前。

B5. 元老的告别派对

改革开放之初，流行音乐在中国内地经历了解冻与回冻的波浪式前进。内地老百姓，尤其是大城市的居民，在20世纪80年代深切地感受到流行音乐对生活的装饰与改变，到了90年代，消费者的音乐审美不断外溢，这在当时的上海是极为明显的，市场上最紧俏的磁带几乎都是从港台地区引入的品种，这些华语专辑也被老乐迷们亲切地称为"引进版"。

可是在1991年，有一支香港队伍逆势北上，他们隶属香港EMI百代唱片公司，率队的乃是百代中文部的时任负责人赵月英（Teresa Chiu）女士。赵女士与她的团队来上海"引进"一批节目，在她眼里，那是中国流行音乐的滥觞，他们正在启动的是一个修复国宝的名典工程，而他们即将在申城见到的那些耄耋长者，无一不是见证、构建中国流行音乐的活化石。一年之后，名为《百代·中国时代曲名典》的系列唱片在香港地区首发，打头阵的是周璇的五张专辑。

现在很难考证出赵女士当年抵沪的确切时间，只能从周璇这五张专辑的内页中找寻一点线索。1991年9月10日，赵女士和团队拜访了严华，这个时间点来自严老为周璇再版写的寄语：

一代歌后周璇永远活在人们的心里。

严华

1991年9月10日

香港百代为严华编写了这样的简介："中国早期知名作曲家。早在三十年代，就职于上海百代唱片公司特约作曲者。周璇的第一位丈夫，现赋闲上海。（笔名有：嘉玉）"

海外网站流传着这样一组音频资料，网友"LEE YEE YEN"在上传时写道："缘于1992年香港百代公司开始发行一系列的'百代·中国时代曲名典'CD。在1991年期间联络上了当年还在世的词曲作家和老歌星们，电台也录制了一小段向老歌迷们问候的录音。"由此推断，当时访沪的团队里还包含电台人员。听严华为某电台录的问候语，老先生一口京腔，讲道："时光隧道，节目老歌，忠实听众们你们好，我是严华。当我知道我早年与周璇小姐合唱的许多歌曲，例如《探情》《叮咛》及《爱的归宿》等等，仍然在马来西亚广受欢迎，我内心

严华、黎锦光、严折西、陈钢、刘如曾、陈蝶衣为周璇专辑题写寄语（严半之供图）

实在很高兴,也很安慰。我目前在上海,与歌唱界几乎完全脱了节,若不是EMI百代唱片公司的赵月英女士到来采访,要我做一段……谈话,我不知何时才有机会向马来亚的朋友问好呢。"

严华当时虚岁八十,口齿有点跟不上头脑,把《时光隧道》的节目名与老歌的忠实听众们断得难以辨认。他的旧北平口音里,除了能听到问候,还透着一丝怨气。严华之于中国流行音乐,犹如石挥之于中国电影,是一位极罕见的全能王,唱演写俱佳。可这样的大明星,后半生却是异常地坎坷凄凉。当然,比起石挥,比起时代曲的同侪陈歌辛,严华无疑是幸运的。他等来了改革开放,在20世纪80年代还发表过几首新歌。但是对他们这代老明星而言,心里难免藏着双重落差(今与昔,内与外),再加上晚景的一些家庭因素,严老对着录音机发点小牢骚也很正常。据老画师丁悚之孙丁夏回忆,严华晚年不时会来看他的祖母。1989年,丁家祖母九十大寿,在新亚饭店办寿宴。查看丁夏提供的寿宴照片,当时坐在其祖母身旁的正是严华;难怪丁夏知道一些严家的逸闻,譬如严老的最后几年并不愉快,而且从华亭路淮海中路口的老公寓搬去了七宝(当年属于上海人所谓的落乡)。

时间会重塑一个人在历史长河里的面目。到了21世纪,严华在大众视野里萎缩得只剩下"周璇前夫"这一张皮囊,哪怕电视剧《北平无战事》热播,祖峰扮演的崔中石一遍又遍地点唱严华作曲的时代曲经典《月圆花好》。这或许也解释了三十年前，赵月英团队抵沪之后为何率先拜访严华，而严华的寄语后来更是出现在周璇专辑内页的开篇，尽管论作品的数量与质量，对周璇帮助最大的时代曲作者无疑是黎锦光和陈歌辛。

1961年，陈歌辛殁于安徽劳改农场，三十年后，赵月英率团队拜访了他的长子、作曲家陈钢，后者为周璇再版写下这句寄语："'渔家女'的歌声，永远在'夜上海'的上空飘荡。"其中包含周璇首唱的两首时代曲杰作《渔家女》和《夜上海》，作曲皆为陈歌辛。

赵月英与陈钢的这次会晤发生在1991年9月11日。隔天，她和团队突然提高了工作效率，见了两位时代曲先驱。据严折西的幼子严半之回忆，香港人来他家时已是下午，而且待了两三个小时，故而推断，他们拜访刘如曾多半是在那日上午。刘如曾题写的寄语是："愿周璇的《晚安曲》长在。"过去，刘如曾这个名字在戏曲界可谓掷地有声，但在时代曲领域，倒不如他的笔名（金流、刘今）来得有影响。刘如曾创作的时代曲数量不多，却不乏《明月千里寄相思》这样的绝世金曲（吴莺音首唱），他写给周璇的《晚安曲》也是名作。

刘如曾同样为马来西亚的电台录了问候语："朋友们，大家好，我是刘如曾，我知道EMI百代唱片公司要重新出版当年的原版老歌。我也是当年的工作者，我很高兴，因为它们终于可以永远地流传下去。我现在,向马来西亚所有的朋友们问好。我是刘如曾,丽的呼声,时光隧道,时间的听众朋友,你们好。"

问候中出现的"丽的呼声",乃是电台的名号(Radio Rediffusion)。令人困惑的是,严折西没有录问候语——或许他录了,只是录音散佚。严折西当年卜居慈厚北里的石库门房子(南京西路1451弄17号,今静安嘉里中心),住二楼。据其子严半之回忆,当时赵月英一行总共三人,包含一名香港摄影师,一名上海方面的陪同,帮忙解释法律合同。严半之记得其父总共签了几十份歌曲授权合同,还为周璇再版题写了寄语:

告诉我,知音何处寻
——怀念一代歌后周璇

初读颇为感伤,其实也是严折西写给周璇的两首时代曲的歌名。周璇唱过不少严折西的作品,这其中,我最喜欢《许我向你看》。这首歌还是电影《暗恋桃花源》的插曲,除了周璇的原版,电影原声还收录了女一号林青霞略带爵士风味的全新翻唱。

严折西在21世纪与大众有过一次极亲密的神交冥会,当时由彭于晏、桂纶镁、连凯主演的益达广告几乎在电视台霸屏,白光演唱的《如果没有你》作为配乐每天都要滚动响起。严老如果能见到这一幕，估计会对严半之说："这首歌是我写的。"讲起来真是耐人寻味，1963年出生的严半之，直到23岁才获悉自己的父亲曾经从事过音乐工作，在民国还是名冠海内的词曲作家。自幼年起，父亲给他的印象就是一直在写汇报材料，用笔头蛮粗的钢笔，蘸蓝墨水，一写就是很厚一叠，写完交到居委会，每周还要义务打扫公共卫生。严折西连自己在旧上海画漫画的历史都瞒着儿子，严半之只知道父亲是为儿童书绘制插图的。1986年，国产电视剧《蛙女》在荧屏上播出，因为是旧社会题材，某一集里出现了姚莉演唱的《重逢》，作为背景音乐响了几耳朵。"这首歌是我写的。"严半之忘不了父亲当年冷不丁讲的这句话，他当时完全不敢相信。

在80年代乍暖还寒的环境下，严折西的歌坛老战友也渐渐与他恢复了走动。同为时代曲作家的徐朗每次来，都有爱人陪着，严折西烟瘾不小，嗜抽烟斗，徐一到，严必要发烟，徐借机过过瘾，徐妻的脸色随之多云转雨，有时当着主人家的面拦阻。这个细节给严半之的印象颇深。而其父外出访友，一般由他陪护，为此，他去过黎锦光的家。那次拜访的原因与香港百代公司相关。在严半之传来的老照片里，有一张是严华夫妇、严折西夫妇、黎锦光与幼女黎芳，跟赵月英坐在酒店大堂沙发上拍摄的，照片的右下角标有1990年11月8日的时间，说明香港百代对于"中国时代曲名典"的企划早在那时已启动。严半之说，那是香港人的第一次拜访，赵月英跟他父亲介绍了整个项目，歌曲授权必须签合同，会有版税。谈完以后，赵月英请上海的时代曲元老们去新锦江吃了一顿饭。随后，香港那边断了音讯，为此在1991年开春的某一日，严折西决定去黎锦光家里问个清楚。

黎锦光当时的经济状况比严折西更需要香港方面的版税。与晚年黎锦光有交往的人在回忆黎老时都会提到的关键词是贫困，有的说他很作孽，常年营养不良。严半之对黎锦光旧居的印象是"比较困难"，家里有点昏暗，走进去，只见黎老一人（妻子估计恰好外出）。严半之坐在一边，听其父与黎老聊香港的版税，聊还没有见到的合同，聊了大概一个多小时。上海这边，黎锦光相当于是香港百代的驻沪代表，或者说赵月英指定的项目顾问。

1991年9月13日，赵月英率团队来到天平路的国泰新邨，拜访黎锦光。黎老为周璇再版写下寄语："周璇名歌，百代弘扬。"

他还为电台录了问候语："丽的呼声，时光隧道，节目的朋友们，你们好，我是黎锦光，开心，能够在这里跟——向你们问好，我是黎锦光……知道EMI百代公司把以前的老歌重新出版，我真高兴，因为可以让老歌，啊，永远地流传下去……各位听众朋友，我是黎锦光，我常常收到你们的信，都是很关心我，也很喜欢我做的老歌，我非常地感谢你们，我现在很好，我很谢谢你们，我在空气中向你们问好。"

仿佛怕被世人遗忘，黎老在短短一分钟出头的录音里，连念了三遍"我是黎锦光"，让人很是心酸。黎老为后世留下了近两百首时代曲，但是他本人的声音资料，清晰可辨的目前独此一份。黎老的视频资料目前只见过日本NHK电视台的一段大概两分多钟的新闻。我向黎锦光的高徒陆晓幸请教，难道黎老生前未曾得到过中国摄像机的礼遇吗？陆晓幸沉思道，央视拍过一次，是在中唱上海的大录音棚拍的，灯光太强，老先生说话很慢，很谨慎。

Bilibili网站存有这么一段视频，是央视于1991年拍摄的，节目请来了三位旧上海歌星影星回忆黎锦晖先生，她们是黎莉莉（钱壮飞之女、黎锦晖义女）、黎明晖（黎锦晖之女）以及白虹。因为只是两分多钟的片段，难以判断是否出自央视为黎锦晖拍摄的纪录片。但1991年的确是黎锦晖的百年诞辰，当时北京还为他办了研讨会。黎锦晖是黎锦光的二哥，其发表于1926年的《毛毛雨》被后世尊为中国第一首流行歌曲。白虹1931年加入黎锦晖的明月社，六十年后，面对央视的镜头聊的全是黎锦晖。也许陆晓幸提到的黎锦光在上海接受央视采访与白虹的受访都是为了服务黎锦晖的百年纪念。

还是1991年，赵月英的香港团队结束了上海的工作，继续北上。临行前，她请上海的时代曲元老们去新锦江又吃了一顿晚饭。这次的"时代曲餐会"，是一次重逢的派对，事后来看，也是告别的派对。严折西仍旧携夫人出席，严半之只是听父亲

香港EMI百代唱片公司代表赵月英（左五）在新锦江大酒店宴请在沪的时代曲元老，左起：黎锦光父女、赵月英及两位上海助手、严华夫妇、严折西夫妇（严半之供图）

讲过一些,家里也没有找到当时餐会的照片。但是严折西在酒店大堂接受了电台的采访,这段录音超过十分钟(音质不佳,能听到大堂的钢琴演奏),他聊了早年的时代曲创作,1933年去香港的报馆担任美术编辑,极为珍贵。

抵达北京之后,赵月英拜访了白虹(具体时间待考)。白虹为电台录的问候语最是风趣:"郑荣先生主持的,《时光隧道》,节目的老歌——老歌迷,你们好,我是白虹,相隔了这么段的漫长岁月吧,不知你们可有想过我吗?我目前住在北京,生活得很好。你们都好吗?……百代唱片公司重新出版我过去的作品,我实在是非常高兴,希望这些镭射唱片及卡式录音带,它能够把我的歌声永远地流传下去,同时,我希望你们,在重听了《郎是春日风》,这个时候,会记得我白虹。但愿有那么一天,我能到马来西亚走走,跟你们见见面,聊聊天,好吗?"

白虹的代表作很多,她为何偏偏要提《郎是春日风》这首歌?不妨看看《百代·中国时代曲名典》的目录,白虹的专辑排在"18"的顺次,专辑的标题正是"郎是春日风"。也许她在录这段问候语的时候,赵月英已经就专辑的再版事宜、标题与她通过气了。

遗憾的是,白虹于1992年5月28日去世,生前没能见到香港百代再版的《郎是春日风》专辑。严华也是。他于1992年1月11日去世,晚年贫苦的他,没能等来香港方面的版税。好在严折西与黎锦光见到了那一天。

说到钱，严半之想起了另一桩轶事。其父生前与严华、黎锦光一道接受过某家台湾电视台的专题采访，当时带队的是华裔作家水晶，驱车来到慈厚北里，接严折西去七重天宾馆。此事发生在香港百代来访之前，他翻出照片，从照片人物的着装（严折西穿老棉袄，严半之穿皮夹克）判断，上海此时已经入冬。而严华在1992年初就故世了，故而判断水晶来访应该发生在1991年初春。

结束了七重天宾馆的拍摄，隔天，严华来到慈厚北里，跟严折西商量。他觉得台湾方面应该支付出场费，他希望严折西能出面促成此事。严折西不响，严半之也不响。事情没有下文。

严华与黎锦光、严折西的友谊可以追溯到20世纪30年代初，他们当时都是黎锦晖统帅的明月社的股肱之臣。新中国成立后，严折西果断扬弃音乐才华，小心翼翼地为儿童出版物画插图。严华与黎锦光没有别的手艺，还得捧着音乐的饭碗，命运将他们锁在一起。据中唱老员工朱忠良说，1968年他进唱片厂的时候，黎锦光在车间扫厕所，严华在流水线装配零件。严华喜欢京剧，周日下午会在华亭路的家中办文艺沙龙，当然，这是1978年以后的故事，黎锦光很少缺席。听歌唱家陈海燕回忆，1984年至1985年，她也是严家文艺沙龙的常客，亲眼看见两位平素谨言慎行的老先生在家里吹拉弹唱，相互打趣。

可想而知，严华、白虹于1992年相继离世对黎锦光的打击有多大，前者是他的挚友，后者是他的前妻。

黎锦光走得也很突然。1993年1月初，黎锦光打电话到中唱叫学生陆晓幸来一趟国泰新邨。陆晓幸进屋后，黎锦光说现在有一家香港的唱片公司预备帮他做一张专辑。黎锦光帮别人做了一辈子的嫁衣，现在终于轮到他自己出专辑了；他说自己年纪大了，希望爱徒能搭把手。陆晓幸爽快地答应了。一周之后，等到他再去国泰新邨，黎锦光已经去世。黎锦晖的幼子黎泽荣去徐汇区中心医院看望过他的七叔，带了七叔爱喝的鸡汤；当时黎锦光已经神志不清。

匪夷所思的是，黎锦光去世的确切时间居然似乎是一个谜。查百度，只写他是1993年去世的。我向黎泽荣求教，难道黎氏家谱上没有更为具体的记载吗？他说没有。再调阅1993年的上海报纸，1月25日的《新民晚报》写道："昨天，笔者几经周折才在徐汇区的一条里弄中，找到《夜来香》作者黎锦光先生的寓所。遗憾的是，这位老人因心脏病和肺气肿等疾并发，已在春节前夕仙逝了。"2月2日《新民晚报》写道："著名作曲家黎锦光的追悼会将于2月3日下午在龙华殡仪馆举行。"2月4日《文汇报》写道："中国现代流行音乐先驱之一黎锦光追悼会昨天下午在龙华殡仪馆大厅举行。"黎老生前的同事蒋登昭为他写了一篇纪念文章，发表在2月13日《文汇报》上，开篇是："著名作曲家黎锦光先生在春节前夕不幸逝世，我心情很不平静。"

坦白说,见到这些姗姗来迟、语焉不详的报道,心情是很难平静的。直到读了梁茂春的长文《黎锦光采访记录及相关说明》,内文有载:"但是这次采访的两年半以后,即1993年1月15日,他就因病仙逝了。"终于有一个答案了。这篇文章发表于2013年第1期的《天津音乐学院学报》。

黎锦光故去的1993年,最后那日,严折西去世。严折西比他幸运,有一个爱摄影的儿子,一个处女座、热衷整理文件的心细之人。严半之知道我在写这篇文章,一有空就帮我从电脑硬盘、从故纸堆里淘宝。

"黎锦光我就不指望了,也许日本那边还有他的视频,他1981年访日,日本NHK电视台拍过他。"我在微信上又追了一句:"老师,难道严老真就没有视频留世吗?"那时候,我还没有留意到严折西在电影《银汉双星》中有十几秒的镜头。严半之也是,他只是听其父讲起过早年曾经拍过电影,但具体是什么片子,没有留下回忆和证据。

"我拍过一段视频。"严半之答道。然后就去找了。那是一段只有28秒的影像,严格来说,是儿子对老子的一次偷拍。在粗粝的画面里,严折西的右手上下挥舞,像在做家务,擦拭某件家具;他发现了镜头,对了一眼,不响,继续手上的动作;镜头此时追上他的手,出现了一台二喇叭录音机。整段视频没有对白,除了底噪,仿佛出自一段默片。可不知为何,我在重复观看的过程中，耳边总会响起周璇演唱的那首时代曲：
"许我向你看，向你看，多看一眼，我苦守着一个共同的信念，今天才回到我的面前。"

后记：无声之歌

我研究时代曲不过四年，能完成这本小书实属侥幸，最应该感谢的是数据库。其实在潜入旧上海歌坛之前，我另做着一个课题，讨论摇滚乐在上海的早期传播，曾经为翻阅一批20世纪八九十年代的杂志而去麻烦薛亮兄。记得那是酷暑天的下午，亮哥领我去上海图书馆正门的罗丹雕塑见了一个戴帽子的思想者——祝淳翔老师，他边走边说："你要看的《音像世界》我查了，数据库里没有，只有去库房翻实体。"我"啊"的一声，疑惑道："要一页一页翻吗？"他说："对啊。"我当时虽不响，心里已是七零八落。随后的三年，完全是一页一页翻，赛过在上图冒充文献专业的学徒工，不过我的确在祝老师的指导下用熟了工具，也逐渐接受了这个事实，即新中国出版的老报刊绝大多数未能数字化，查阅不易，反倒是旧上海的基本都进了"全国报刊索引""爱如生申报""晚清和民国时期中文报纸集""抗战文献数据平台"等数据库,可以一键搜索。如此强烈的反差,也为旧上海时代曲的研究添了一个脚注,为何我们更容易看到相关人物的前半生,而非后半生,这背后的阻力,其实源自方方面面。

摇滚乐的课题我忙了不止四年,由于若干复杂原因未能坚持,2021年的春夏之际,我果断出站,搭上一列开往旧社会的时代号火车。换乘站位于古北某小区,我后来在《黎锦光的日本之行》一文引述从音乐人李泉的家中听来的黎锦光轶事,而在他之前,音乐制作人李苏友也曾领着我参观黎氏的后半生。二李皆为上海摇滚乐的老法师,他们在回顾某种外国文化登陆上海之初的辰光,无意中弹奏了一段时代曲的蓝调和弦,吸引我以此为主题编写严肃情歌。这种带有即兴色彩的创作,其实更接近于爵士乐。是的,早在摇滚乐传入上海半个世纪之前,爵士乐已经深刻地影响着这座大都市的日常生活。

1929年,综合性画刊《图画时报》刊登了鹦鹉乐社与一堆爵士乐器的合影,图说写道:"为沪上最初发起之华人爵士乐队。"(第596期,第3页)这个抬头另见同年9月15日《申报》:"郎静山长女定十七日结婚……海上著名之鹦鹉乐社奏乐(为最初发起之华人爵士乐队)。"随后,11月4日《申报》刊文《鹦鹉欢舞记》:"鹦鹉乐社为海上有名之音乐组合,服务社会,三载于兹,成绩斐然。十一月二日,午后五时,特举行三周纪念乔装茶舞会于北四川路新乐跳舞场,来宾趋趋跄跄,达两千余人。"乔装茶舞会即西洋化装舞会的上海版,出现"粤剧中大武生小丑者"等中国特色,那一夜,电影明星胡蝶、阮玲玉、谭雪蓉共舞其间。如今,很难再有华人爵士乐队能够回应鹦鹉乐社当年达成的社会性共鸣,率领两千余人在舞厅里狂欢。流行文化潮起潮落,某种程度上,回望时代曲,也是聆听爵士时代(Jazz Age)的中国故事。

1

从故事出发,这是我最初的构想。黎锦光曾是那个计划的主心骨;有时,我感觉面对的是一篇文章,有时,它膨胀成了一本传记,而它的标题,在很长的一段时间内并未改变,我在联系做采访之时都是这么介绍的:"我在写《黎锦光的后半生》。"

田野调查阶段,陈建平老师给予我源源不断的支持。她于1979年从农场返沪,转入衡山路811号的中国唱片厂工作,五年后与返聘的黎锦光成为同事。可惜他们几乎没有交流。陈建平说:"当时对黎老辉煌的过去一无所知,只晓得这是一位老编辑,开大会的时候能见上一面,印象是非常儒雅、小心谨慎的。"这些回忆构成了她的某种遗憾。与我打完那通电话,她帮我拟了一份采访名单,黎老的学生陆晓幸高居首位,属于企鹅三星带花的推荐程度。2021年9月，我与合作多年的摄影师铁匠（王斐）如约来到陆老师的录音棚，我们聊了三个多小时，回看采访整理，他的一段开场白依旧触动人心，他说："在上世纪三四十年代，黎锦光是中国音乐家吸收西方音乐的一个缩影。当时上海是整个远东的音乐中心，包括他二哥黎锦晖，以及陈歌辛，这批人吸收了西方音乐，在中国的土地上成就了一批好作品。1949年之后，这些就中断了。"

面对这长达三十年的中断，后世的评论倾向于一刀切，仿佛小说连载腰斩，但其实在新中国成立之初，以黎锦光、严折西为代表的留守上海的时代曲作家仍然在写新歌，寄给刚成立的百代香港公司灌成唱片，譬如梁萍《丢不了的情义》（黎锦光词曲，模板编号35877A，1951年上市）、李丽华《帐外风光》（严折西词曲，模板编号35896B，1952年上市）——翻阅网友"鱼摆摆贝贝"在姚敏的百度贴吧发布的《百代唱片1951—1954年香港发行纪录》以及他制作的相关Excel文件，留守派写的新歌将近十首。歌星方面，可以在创刊于新中国成立前夕的《新闻日报》上看见她们从舞厅转战饭店酒家的身影，加上经过"消毒"的一部分民营电台，时代曲至少以这三种改良的方式在上海返场（encore）。

"喝完了这杯，请进点小菜"，恰如周璇所唱，"人生难得几回醉，不欢更何待"。起风之前，周璇挺着大肚子从香港回到上海。1950年7月25日，她给身在香港的李厚襄写平安信：

"上海的确很安静呢！一切都没变，仍有很好的西乐唱片听，都是最新的。衣服也随便穿，很是自由的，为什么那些人喜欢瞎说呢？"她还劝李厚襄："希望您也早日回上海。"①次年2月12日，她再给李厚襄写信，天气已然变了："近因播音唱了歌，不知道怎的得罪了人，报上挨骂。在任何环境中都有派别，将来拍戏又不知怎样来应付呢！太难了！"②这封信仿佛是在对上海的时代曲从业者宣布："亲爱的朋友们，演出已经全部结束，请你收拾好自己的随身物品，有序离场，有序离场。"梁萍、张露积极响应，融入新一波的南下浪潮。黎锦光不为所动，晚年时回应说："1950年，香港百代公司叫我去，我没去。到1957年，香港百代公司又一次叫我去，他们专门在澳门等我。我还是没去，因为我家里有小孩，需要我照顾。"③走或不走，都应了陈奕迅所唱："把一个人的温暖，转移到另一个的胸膛，让上次犯的错反省出梦想。"

1957年，陈歌辛率先为自己的历史问题买单。可叹，其他受害者也在落井下石："黎锦光证明，在反动时期，他亲眼看到有些青年人唱着陈歌辛荒淫的歌词'媚人的眼睛，我要你'。他责问：'陈歌辛，你现在还想用那颓废、腐朽、靡靡之音来戕

---

① 《周璇自述》，上海三联书店1995年版，第23页。
② 同上，第24页。
③ 《黎锦光采访记录及相关说明》，《天津音乐学院学报》2013年第1期，第68页。

害我们的青年……"①仿佛旧区改造,陈歌辛的同侪轰隆隆开着推土机进场,黎锦晖下手最轻,就连记者也感佩道:"从没有发言过的老音乐家黎锦晖,前天也在会上热情地讲:'我通过这次斗争,初步辨明大是大非,更认识到资产阶级思想的危害性,我们一定要克服它……'"②

想起2022年,上图的张伟老师在其闵行家中问我:"你为啥想到研究黎锦光,而不是黎锦晖?"他从不同维度讲述黎锦晖的学术魅力、历史价值,偏偏我是一个盲从耳朵的乐迷型作者,黎锦晖写的歌曲数量虽巨,保质期却短,不如黎锦光的作品能够穿透岁月的幽暗,历久弥新。还有一条原因就更刻薄了,文献里的黎锦晖怎么看都是一个平面的"老好人",而黎锦光的那些污点、争议以及更加凄凉的晚景让他足够立体,人性在他身上,其复杂程度堪比陈歌辛。张伟老师勉勉强强接受了我的偏见,他约我为第三辑《海派》供稿。我说:"那就写黎锦光1981年的日本之行。"张老师说:"尽量不要超过六千字。"我不响。屋外的冬雨越落越大,我瞄一眼旁边坐着的丁夏、祝淳翔,张老师吃口绿茶,继续帮我们开课;他中气十足,四个钟头讲下来声音比我们还响。他有一肚皮涉及文献保护的上海秘辛,讲之前必要关照一声:"听过拉倒,不允许写哦。"两个

---

① 《文汇报》,1957年9月26日,第2版。
② 《解放日报》,1957年10月2日,第2版。

月后,他不幸因病去世。

上帝像极了爵士乐手,他的演奏充满了即兴元素,所谓命运,或许只是一个动机经过发展之后的模样。

承蒙《澎湃新闻》郑诗亮兄责编,由张伟老师催化的那篇文章后来发表在《上海书评》,题为《黎锦光的日本之行》。拙文引发了一些反响,黎锦晖的长孙黎锋先生给过鼓励,而之前,是丁夏老师找到他帮我联系了黎锦晖的幼子黎泽荣做采访,我从泽荣老师处收获了大量黎锦光的晚年素材。收藏家杨涌也是丁老师引介的,2023年的盛夏,我们在小红楼的西班牙餐厅吃咖啡,我想坐在一楼靠左的小房间,我说:"1984年,黎锦光返聘,跟胡逸尘就在此地办公。"丁老师说:"是这间吗?"我说:"前年采访朱忠良先生,他告诉我的,他还讲,这墙壁啊,壁炉啊,变化不大。"丁老师说:"老版部好像不在此地吧。"丁老师是民国画家丁悚的文孙,1985年进中唱工作,他只见过黎锦光一次,唱片分社开年终整训大会,黎老向他打听丁家的情况,又说,齐白石以前是在我们湖南老家做木工的。大家不响。杨涌说:"莫之,我看了你的文章,其实陈歌辛也有类似的情况。"若非杨先生信任,将他私藏的名人信笺供我研究,我根本无法写成《陈歌辛的版税悬念》一文。仿佛爵士乐的独奏(solo),奇妙的缘分在乐手之间接力。主持微信公众号"老周望野眼"的周力老师经常转我的这组时代曲文章,出版社的编辑陈强先生读到之后托他传话,那一刻,星散的蓝色情歌有了汇编成册的底气。

2

另一边，素未谋面的几位网友也给予我帮助。李义贤，马来西亚华裔，YouTube账号"Yee Yen Lee"；黄光成，Bilibili账号"青城山下猫先生"；钱隆，Bilibili账号"非著名的时代曲爱好者"；胡轶，大学时因迷恋周璇而开始收集录音资料，用廿年制作了"民国时期百代模板唱片总目录""美资胜利歌曲音乐唱片总目录"两份表格的时代曲部分，目前定居美国。仿佛七龙珠，他们散落在世界各地，有的依托社交媒体修复、推广时代曲，有的无声奉献。2024年4月，北京的薛梦成兄拉我进了"Only for时代曲"的微信群，观察这些深陷时代曲"沙丘"、挖了至少十几年"香料"的前辈聊天，犹如见高山。我对着高山不断呼喊，回声叠加，形成了下文对编曲者的讨论。

本书主要描摹旧上海时代曲的幕后英雄，在那个相对模糊的人群里，最难辨识的莫过于编曲者。词曲作者好歹有一个署名标记在唱片之片芯，即便被遗漏，也会出现在歌谱的右上角，或者唱片公司的档案，唯独编曲是如此彻底地惨遭忽视。其实一首歌在灌录之前，离不开词、曲、编曲三方面的创作，他们应该是等边三角形。我无法解释编曲那条边在旧上海的遮蔽，相关文献太匮乏。在数据库搜查编曲，旧上海对这个词的理解趋同于作曲，大多指向为影剧配乐。有些小报文人记录了歌手去唱片公司灌音的花絮："昨日因为隔日落了一天雨，所以李丽华的府上（霞飞路宝康里），简直积满了尺余深的水，但她很早，就联同她的姐驱车到了百代。那时，严个凡、黎锦光都已先后跟到。伴唱的乐队，和她一同先练习数遍后，至十一时许，才正式灌唱，由严个凡亲自指挥，并由黎锦光在旁指导。"①这则新闻的背景是李丽华要灌唱新歌《天上人间》，严个凡作为词曲作者亲自指挥乐队完成灌音，与黎锦光不同，严个凡当时并非百代公司的员工，他的出现似乎给破解编曲之谜提供了一种视角。还有一份旧百代档案可以佐证。读者如果去衡山路811号小红楼参观，会在三楼展区遇见一封黎锦光写给百代公司时任戏剧灌音部主任傅祥巽的信。全文如下：

祥巽先生大鉴：

《武则天》插曲《得胜酒》与《卖杂货》二曲总谱已誊出，并交来使呈上，请转托黄贻钧兄将《卖杂货》抄写各乐器分谱，以便即日练习，并请黄兄指正，其余各谱正在赶誊，于明天或后天均可赶就，并请于明日或后天遣人来接。

---

① 《电影新闻》，1941年第101期，第2版。

各谱在写作着时,写缮不清楚,绝非他人能看懂,誊写亦然,故工作效慢,务请原谅是幸!

专此奉恳,顺颂

大安

弟黎锦光上
十月十九日

信中提到总谱,那是以多行谱表完整显示一首多声部音乐作品的乐谱形式,换言之,一首歌的总谱包含配器创作,即编曲。1934年底,黄贻钧进百代公司国乐队任演奏员①,他是中国交响乐事业的奠基人之一。黎锦光在信中拜托傅祥巽将两首歌的总谱交给黄贻钧抄写各乐器分谱,以便乐队的演奏员即日练习,推测在这封信寄出的1938年,黄贻钧是百代公司附属乐队的指挥或者领班。关于这封信缺失的落款年份,黎锦光晚年曾说:"根据民歌写的《卖杂货》,这是1938年底弄的。《卖杂货》是广东客家人的民谣,我改编的……是周璇唱的。"②查阅旧百代档案,《卖杂货》录制于1938年10月25日,周璇演唱,故推测此信写于1938年。至于信中出现的《武则天》插曲《得胜酒》,很可能是录制于1939年2月的《武则天》插曲

---

① 《永远的黄贻钧》,上海教育出版社2015年版,第214页。
② 《黎锦光采访记录及相关说明》,《天津音乐学院学报》2013年第1期,第64页。

《太平春》之前身,"且喜鼙鼓声收,畅饮葡萄美酒",白虹灌唱的《太平春》在歌词末尾明显流露出'得胜酒'的痕迹。

"1939年我进了百代唱片公司",黎锦光说,"唱片公司组织职工学和声和乐器法,学习进度很快。"①之前,他自费跟白俄音乐家司娄斯基(A.Sloutsky)学和声,用的是尼古拉·里姆斯基–科萨科夫的和声学教材。"司娄斯基只会传统和声和管弦乐,对古典舞曲很熟悉,但是他不会爵士乐。1940年他到澳大利亚去了,俄国犹太人辛格进百代来了,他是钢琴家,懂得爵士乐,一星期上两次课教我。"黎锦光说:"这对我的学习非常有好处。我前后共学了好几年。"②刚进百代时,黎锦光任音乐编辑、音响见习,担任音乐指导,指挥的都是外国人。"先是司娄斯基,后来是辛格能够教乐器法。我帮人配器之后,辛格帮我修改。改好后马上录音,就能听到效果。"③所谓"帮人配器",很可能是给别人写的歌编曲,身为百代员工,黎锦光有资格为即将录用的新歌配器,而编曲的定稿权握在乐队指挥辛格的手中。或许,百代上海出品的时代曲,编曲都得经历这样一个集体创作的流水线过程,假使非得署名,其实相当繁复。而且20世纪40年代的时代曲普遍要比30年代的成熟,编

---

① 《黎锦光采访记录及相关说明》,《天津音乐学院学报》2013年第1期,第64页。
② 同上。
③ 同上。

曲的爵士味道更浓郁,应该说,这离不开辛格的贡献,毕竟司娄斯基不会爵士乐,而他懂。细品黎锦光在晚年给出的回忆,不难发觉,他对辛格是爱恨交织:"《采槟榔》是1939年末做的……我先编好了歌……配器是辛格改的,结尾来了一段钢琴演奏,被辛格改得怪里怪气,显得不协调。"① 那段颇为突兀的现代派钢琴出现在《采槟榔》的两分零六秒。另一个"魔改"案例是《夜来香》:"是我自己配的器,但是我并不满意。录音是辛格指挥的,他帮我修改了配器,我也不满意。但是这张唱片的销路却非常好。"②

1944年,辛格离开上海,德裔犹太人弗兰克尔(Wolfgang Fraenkel)成了黎锦光的爵士乐老师。"他一小时要收一美元。爵士乐理论高深极了,它可以自由对位",黎锦光说,"我被弄得稀里糊涂。应该跟弗兰克尔学一年学完的,我只学了半年,没有学完。"③

抗战胜利后,百代唱片经历了一年的停摆期,失业的黎锦光转去舞厅当乐师,行话叫洋琴鬼。"《哪个不多情》是日本投降后不久写的,作于1945年或1946年。新的百代公司开工,这首歌是我复工后的第一个作品,叫姚莉演唱和录音的。歌

---

① 《黎锦光采访记录及相关说明》,《天津音乐学院学报》2013年第1期,第64页。
② 同上,第66页。
③ 同上,第64页。

词也是我自己作的,词和曲都是从歌谣里化出来的。"① 查阅旧百代档案,《哪个不多情》灌录于1946年8月10日。黎锦光谈论抗战胜利后的创作,完全摆脱了辛格的阴影。说到《香格里拉》:"我采用了拉丁美洲的伦巴舞节奏,曲式是小三段体,用移位作曲法,降低两度的移位,一层一层降下去,不是很规矩。中间有一个转调,结尾回到主题。"② 我认为,二战后至新中国成立前夕由百代出品的时代曲,黎锦光在编曲方面扮演了辛格以前的角色,这在小报文人毛立③写的文章《百代灌音之片刻》中可以找到旁证:"大同公司柳小开,一车开到光滑幽静之贝当路上,在绿荫苍翠之百代公司灌音部门前停下,走下低音歌后白光来,一脚踏进灌音部之工作室,写谱作词家严折西与李厚襄正在画音符制谱,《不了情》等歌在制造中。白光一手拖住姚敏往练音室跑,于是他弹她唱……《欢乐今宵》《今夕何夕》再转过头来,灌音室内,白俄琴师正在黎锦光之指挥下弹拉有劲,'麦克风'前白虹歌喉婉转,唱一曲西班牙调之《醉人的口红》……"④ 大同柳小开,即柳和锵,他驱车送白光

---

① 《黎锦光采访记录及相关说明》,《天津音乐学院学报》2013年第1期,第66页。
② 同上。
③ 毛立即歌后白光的女秘书,是民国小报文人里比较罕见的女性。《辛报》1948年8月10日第3版《白光与毛立》:"白光的女秘书毛立小姐……"《真报》1948年8月21日第2版《毛立之文》:"毛立为文,细致而有情感,潘柳黛之后,报刊奇葩也。"
④ 《真报》,1948年8月25日,第3版。

去小红楼灌音；毛立的文字犹如一个长镜头，扫过严折西、李厚襄、姚敏，然后出现白俄琴师，关键是，他们"正在黎锦光之指挥下弹拉有劲"。重温白虹版《醉人的口红》，编曲富于弗拉明戈风情，能听到响板（Castanets）的华丽表演，这也印证了毛立笔下的"西班牙调"。

3

由于可供参考的文献很少，上述涉及编曲的思考还很粗浅，未来势必会有突破。除了中文数据库的不断完善，我另寄希望于中唱上海公司会有善心大发的一日，向研究者公开目前由其代管的七万页旧百代文档。"这些唱片行业文档跨度从1918年到1968年，涵盖半个世纪中国唱片发展，其中约75%的文档是英文，还有少量法文、日文。包括唱片公司与艺术家签订的合同、财务报表、录音及出版合同、产品销售记录、往来信件等几大类。"2015年4月，《解放日报》披露这段文字时，积灰的文档正在转数字化处理。完全是误打误撞，我在2017年年初来到钦汇园，了解中唱上海公司正在筹备的黑胶流水生产线，蔡佳倩女士安排我采访回聘的技术顾问裘洲龙先生。我到早了，蔡女士客气地说："要么先介绍侬认得另外一位老法师。"那个画面让人印象深刻,穿白色工作服的陈建平老师在资料室热情接待了我们,介绍她正在主持的文档数字化工程,我有幸在几份合同原件上见到了周璇、梅兰芳的亲笔签名,还与陈老师加了微信。但是我头一回想到要联系她却远在两年之后,当时为摇滚乐传播的课题采访了《音像世界》杂志的若干元老,功勋编辑丁夏说:"讲起王小峰,其实他的稿子最早是陈建平从一堆读者来信里挖出来的。"我向王小峰求证,他欣然认可。我思忖陈建平这个名字好面熟啊,翻微信通讯录,一问,果真是她。此时,七万页文档的数字化已基本完成,并且建立起初步的索引。陈老师说:"因为中唱上海没有档案专业的人员,只是用自认为正确的方法建立索引。我在这项工作告一段落时向公司建议,尽快与专业机构合作或聘请专业团队,对文档进行扫描并重新建索引,但当时因为经费问题并未立即做。"一年后,回聘的陈老师再度退休。

我烦请陈老师在七万页旧百代文档中查找黎锦光的踪迹,她这样回答:

一、以下合同(英文)中有黎锦光的签名,他并非代表公司,估计是"见证人"。

(1)1933年9月5日,百代公司与白虹签订的合同;1936年6月30日,百代公司与白虹签订的合同;1941年8月6日,百代公司与白虹签订的合同;1946年5月10日,百代公司与白虹在1941年合同的基础上对部分条款进行修订并签署，直接粘贴在1941年合同的下端；1948年1月10日，百代公司与白虹在1941年签订、1946年修订的合同上重新签署，约定该合同续展两年。直接粘贴在1941年合同下端，覆盖于1946年半页纸之上。

（2）1941年8月5日，百代公司与周璇签订的合同；1946年5月5日，百代公司与周璇在1941年合同的基础上对部分条款进行修订并签署，直接粘贴在1941年合同的下端；1947年12月28日，百代公司与周璇在1941年签订、1946年修订的合同上重新签署，约定该合同续展两年。直接粘贴在1941年合同下端，覆盖于1946年半页纸之上。

（3）1941年8月6日，百代公司与李丽华签订的合同；1947年9月11日，百代公司与李丽华签订的合同。

（4）1941年8月6日，百代公司与姚莉签订的合同；1946年5月10日，百代公司与姚莉在1941年合同的基础上对部分条款进行修订并签署，直接粘贴在1941年合同的下端。

（5）1946年11月14日，百代公司与欧阳飞莺签订的合同。

（6）1947年8月19日，百代公司与王人美签订的合同。

（7）1947年10月28日，百代公司与袁雪芬（越剧）签订的合同。

（8）1948年1月22日，百代公司与白光签订的合同。

（9）1948年1月23日，百代公司与张帆签订的合同。

（10）1948年2月17日，百代公司与陈娟娟签订的合同。

（11）1948年6月15日，百代公司与龚秋霞签订的合同。

（12）1948年6月15日，百代公司与梁萍签订的合同。

二、通信

（1）1938年10月19日，黎锦光为电影《武则天》插曲的总谱誊抄之事，写给百代公司戏剧灌音部主任傅祥巽的信。

（2）？年？月？日，梅？给黎锦光的信，推荐新作品。

（3）1948年2月3日，由周璇、陈歌辛、吴祖光署名发给黎锦光的电报，要求尽早印制《莫负青春》插曲。

（4）1953年12月7日，百代公司致信姚莉，通知其有一笔1949年4月至1951年12月的应得版税，并问及如何支付。

以上每条记录都有可能发展一段故事。我因为写过黎锦光、陈歌辛的两段版税纠纷，不免对"通信"的第四条格外上心。照理说，1949年姚莉姚敏兄妹随百代公司南下，在香港另起炉灶，此后，他们之间的书信不该留存于上海。先看姚莉给上海这边的回信：

叶鹏年先生：

很是感激先生把我前存于公司的版税数目详细写给我。

前次锦光先生来信告诉我是一九五一年的版税，所以我想并非是一笔大数目，暂时可以托他代取，既然目前是数大了，可否请叶先生置外汇直接寄给我？请指示，同时，我告诉锦光先生，目前他处境不佳，我是他干妹，总也该帮一些忙，助他之急。请叶先生在我的版税里交出人民币贰百万元，给黎锦光先生，我这里写一张委托书给你如何？

余数肆百肆拾万另伍千伍拾元请先生直接寄给我，一切手续要麻烦你，以后当多答谢。最好是请接信后告诉我，可否直接寄给我等，也好使我安心也。感激，至

再谈　祝

康健

姚莉

一九五三·十二·十三日

叶鹏年是旧百代的核心员工。查阅文档，1939年百代人员花名册中有叶鹏年的登记表，1947年、1948年公司员工名册中也有他的名字。在一份1944年的工资单中，他和干保康、沈鲤庭一起列在"办公室职员"一档，另一份"会计部"的

文档有叶的签名。可以肯定的是，叶鹏年在政权交替之际选择留守，后续扮演着旧百代"看管人"的角色，而且沪港两地的新旧百代拥有各自独立的财务结算，为此姚莉要领取这笔新中国成立前产生的版税，必须与上海接续往来。从她的回信中不难揣测，她原本是抗拒这种接续的，只是发现版税数额超过六百四十万元人民币，这点麻烦是值得的。1953年，新中国还在使用第一套人民币，两年后新版人民币问世，1元抵旧版1万元，所以姚莉的这笔版税大概抵上海老百姓当时两年的工资。黎锦光能拿到将近三分之一，他必然积极。文档里有他当时写给旧百代的受委托书。

受 委 托 书

　　本人黎锦光住天平路43弄4号，现受住香港九龙上海街七号姚莉女士委任为其代理人，以领取英商电气音乐实业股份有限公司渠本人应得之版税一部分，计人民币贰百万元整，本人对于该款之领取及运用负完全责任，绝对遵守人民政府一切关于外汇管理条例。

　　此致
英商电气音乐实业股份有限公司
一九五三年十二月廿八日

　　　　　　　　　受托人　黎锦光　姓名章
　　　　　　　委托人与受托人之关系　朋友

翻阅旧百代文档，黎锦光顺利拿到了这笔款子，但是姚莉那边遇到了麻烦。她急写了一封信，读者可以在小红楼的三楼展区见到它的复制品：

叶鹏年先生：

  接到您来信很是使我焦急，您说关于我的一笔钱，除了支给黎锦光干哥外，其余的不能置外汇寄来。

  实在情形我不能知道，希望您能告诉不能外汇寄下之原故吗？

  如果真真无办法，那么我上海有知己亲戚，我想要他们去代我领取那笔余数了。凭我亲笔写二张字即委托某某人领取我名下的数目若干，可以吗？请你告诉。

  如果您回信可以，那么我就请亲戚代领了！请速回信，等候佳音！

  祝

康乐

姚莉
1954.1.3

故事以喜剧落幕。后续，姚莉回信说会请一位亲戚去取，并附上那位亲戚的照片。比起黎锦光、陈歌辛遭遇的版税纠纷，姚莉无疑是幸运的。这位歌后于2019年离世，年近百岁，她的前半生与后半生同样精彩，如同一盘时代曲的精选磁带，A面和B面都逼近这种录音载体的极限时长。这种极限时长，让我想起上个月在上海交响乐团对面听沈洋演唱乌克兰作曲家瓦连京·西尔维斯特罗夫（Valentin Silvestrov）的声乐作品《无声之歌》（*Silent Songs*）。上台之后，沈洋对观众说："这是一套24首歌曲的作品，按照作曲家创作时的要求，不分上下半场，一口气直接演完。我知道这对在座各位朋友是一个挑战，当然对我来说也是。"那一刻，我突然意识到，《为时代曲写的蓝色情歌》似乎还缺一篇后记。

  这显然是我写过的最长的一篇创作谈。我尽力了。可叹B面要追上A面，还有一万多字的距离。我翻出上海声像引进的马友友《纽约·纽约》专辑（Y-2109），内页尽头印了这么一句："本公司卡带完全依原厂母带生产，以杜比系统录制，A、B面录音时间或有不等，敬请谅察。"我恳请读者的谅察。B面的歌曲已经唱完，你们即将听到的是一长段的空白，你听，那空白磁带的底噪，嗞嗞的温暖。这并非艺术家的本意，而是上帝的安排。只是上帝不响。

2024年5月6日